네트를 넘겨라

2023년 8월 20일 초판 인쇄
2023년 8월 23일 초판 발행

지은이 │ 테미 이동규
펴낸이 │ 이찬규
펴낸곳 │ 북코리아
등록번호 │ 제03-01240호
주소 │ 13209 경기도 성남시 중원구 사기막골로 45번길 14
       우림2차 A동 1007호
전화 │ 02-704-7840
팩스 │ 02-704-7848
이메일 │ ibookorea@naver.com
홈페이지 │ www.북코리아.kr
ISBN │ 978-89-6324-806-6 (03810)

값 18,000원

네트를 넘겨라

테미 이동규

북코리아

저자는 1973년 8월 테니스와 처음 만나 좋아하다가 차츰 더 좋아 하다가 마침내 미친 듯 좋아하게 되면서 50년간 줄곧 테니스를 쳐왔습 니다. 저자는 이 기회에 지난 50년을 돌아보며 한 몸이 된 테니스에 대 해 자기고백을 해봅니다.

비록 레슨을 받지 못하고 시작한 테니스지만 꾸준한 연습과 노력 으로 전국교수테니스대회 3연승, 전국과학기술인테니스대회 3연승, 전 국시니어테니스대회 금배부 진입과 우승 등의 성과를 이뤄냈습니다. 이 런 성과는 테니스를 평생 하게 한 원동력이 되었습니다.

이 책은 테니스 동호인 50년의 삶에 대한 자기반성서, 자기경험서 입니다. 여기에서 나름의 테니스 비법, 테니스 유머, 테니스와 삶의 조 화를 소개합니다. 이 책은 아마도 우리나라 최초의 시와 유머가 있는 테 니스 산문집일 것입니다.

이 책에서 저자가 바라는 것은 주위에 테니스를 사랑하고 좋아하며 즐기는 테니스 동호인이 더 많이 늘어나 건강한 삶을 누리는 것입니다. 저자가 목표로 하는 테니스란 잠시 잠깐 즐기는 테니스가 아니라 매테(매일 하는 테니스), 꾸테(꾸준히 하는 테니스), 습테(습관이 되는 테니스), 즐테(즐기는 테니스)입니다.

꾸연노, 즉 꾸준한 연습과 노력은 테니스 재능을 새로 만들어주는 비법입니다. 테니스에서 우승이란 이파지내(이기면 파트너 덕. 지면 내 탓)의 정신으로 파트너를 사랑하며 파이팅을 외치는 파트너십에서 이뤄집니다. 그리고 진인사대천명의 정신으로 최선을 다할 때 우승이라는 행운이 당신의 발과 팔에 선물로 주어지는 것입니다.

테니스는 최고의 건강 장수 운동입니다. 테니스로 건강하게 백 세까지 산다면 못 이룰 게 없습니다. 테니스인의 목표는 '테백산'입니다. 즉 '테니스로 백 살까지 산다'입니다. 우리 함께 건배사로 '테백산을 위하여!'를 외쳐보지요.

2023년 8월
저자 테미 이동규

CONTENTS

VI
FORTY:

VII
DEUCE:

PLAY
BALL

아니 벌써
테미 50주년이라니

1

들어가기

내가 테니스를 하루 두세 시간씩 매일 치는 테미로 살기 시작한 것은 1973년 8월부터다. 올해(2023)로 이렇게 테니스를 친 지 50년이 된 것이다. '테미'란 내가 지어낸 말로 테니스를 미치도록 좋아하는 사람을 말한다. 1992년에는 테니스를 좋아하는 교수들끼리 모여서 '테미교'(테니스에 미치도록 좋아하는 교수)를 창시(?)했다. 물론 테미교는 종교도 아니고 교주도 허울 좋은 말일 뿐이다. 그렇지만 테미에 이동규 대신 '교'자를 붙여서 테미교라고 명명하고 나니 그럴듯했다. 그 이후 나는 낯두껍게 자칭 테미교 교주 이동규로 행세했다.

이처럼 테니스와 만나 테니스를 좋아하다가, 갈수록 더 좋아하다가 나중에는 미치도록 좋아해서 50년이 지나버린 것이다. 무엇인가에 미쳐본 사람은 불광불급(不狂不及), 즉 미쳐 봐야 미친 것이라는 말을 충분히 이해할 수 있을 것이다. 하늘이 내 삶에 준 가장 큰 선물 두 가지를 꼽는다면 하나는 아내와의 만남이고 그다음은 테니스와의 만남이라고 자신 있게 말할 수 있다.

테니스의 중독성은 대단하다. 물론 테니스 중독은 약물 중독이나 흡연 중독 등과는 다르다. 건강 중독이다. 가끔 한 번씩 치는 것이 아니라 매일 치다 보니 중독이란 말이 붙었을 따름이다.

그래서 나의 아호(雅號)도 거문고를 배울 때는 연정 임윤수 선생께서 지어주신 금조(琴照) 이동규를, 불교를 공부하면서는 수원 마하사 주지였던 황성기 교수가 지어주신 법진(法眞) 이동규를, 시나 작품 등에는 내 이름을 풀어 쓴 동녘별(東奎) 이동규를 그리고 또 하나 더해 '테미 이동규'를 쓰게 된 것이다.

50년 이상을 테미로 사는 이유는 무엇인가? 그냥 재미있어서 좋아하는 것이지 무슨 이유가 있겠는가! 1973년 당시에는 연식정구와 테니스 간의 차이도 몰랐다. 테니스보다는 정구가 더 알려진 때였다. 처음 테니스를 시작했던 1973년도에는 강릉시 전체로도 테니스 코트가 몇 면이 없었다. 테니스 코치는 물론 없었다. 그래서 나는 교본만으로 테니스를 시작했다. 소위 독학 테니스, 검정고시 테니스 과정으로 입문한 것이다. 그리고 하루에 두세 시간씩 매일 연습했다. 이렇게 10년 이상, 1만 시간 이상을 계속한 덕분인지 내가 본래 테니스 재능이 있는 것처럼 실력이 올라갔다. 역시 재능을 이기는 것은 연습과 노력이라는 말이 옳다. 『노인과 바다』를 완성하기 위해 200번이나 고쳐 쓴 헤밍웨이, 37년간 14시간씩 하루도 빠짐없이 바이올린을 연습한 사라사테, 하루 15시간씩 글을 쓰는 조정래 작가도 재능보다는 노력을 훨씬 더 중요하게 여기지 않는가!

이렇게 나의 테니스는 코칭이나 레슨을 받은 적이 없는 검정고시형, 독학형 테니스다. 그렇지만 전국교수테니스대회 3연패, 전국과학기술인테니스대회 3연패, 65세 이상 전국테니스대회 왕중왕전 우승 등의 성과를 거뒀다. 자수성가한 것이다. 물론 이러한 성과는 나의 노력, 그리고 운이 가져온 것이다. 우승은 천신만고(千辛萬苦)라는 고등학교를 마치고, 학수고대(鶴首苦待)라는 대학을 졸업한 사람이 진인사대천명(盡人事待天命)의 자세를 가지게 되면 천재일우(千載一遇)로 받게 되는 하늘의 선물이다. 그러나 운이란 하늘에서 그냥 내리는 것이 아니라 노력하는 자의 발밑으로 소리 없이 들어오는 것이라고 믿는다.

나는 살아오면서 늘 자축할 거리를 찾는다. 테니스는 자축할 거리를 가져온다. 그래서 테니스를 할 수 있도록 해주는 모든 것에 대해 "자축은 자축해야 행복이다"라는 생각에서 자화자찬 행사를 했다. 첫 번째 행사로 테미 30주년이 되는 2003년에 이동규 교수 테미 30주년 기념 테니스대회, 두 번째 행사로 2005년에 회갑 기념 테니스대회, 세 번째 행사로 2012년에 정년 기념 테니스대회를 개최했다. 또 금년에는 테미 50주년을 기념하는 테니스대회를 개최할 예정이다. 특히 올해는 테미 반백 년이라는 뜻깊은 해여서 나의 50년 테니스 이모저모를 전부 모아 산문집인 이 책 『네트를 넘겨라』를 발간한다.

테니스와 50년 내내 함께 살다 보니 테니스는 이제 나의 몸에 완전히 녹아있다. 가끔은 테니스를 내가 선택한 것인가, 아니면 테니스가 나를 선택한 것인가, 테니스를 쳐서 내가 건강한 것인가, 내가 건강해서 테니스를 치는 것인가, 나는 테니스 때문에 살고 있는가, 아니면 내가 살아있기 때문에 테니스를 치는 것인가를 구분하지 못한다. 이들은 모두 명확하게 대답할 필요는 없는 것들이다. "과연 무엇이 좋아서 그렇게 매일 테니스를 치는가?"라는 물음도 마찬가지다. 재미있어서, 칠 수 있어서 치는 것이지 무슨 별다른 이유가 있겠는가?

인간의 생로병사는 아무도 막을 수 없다. 다만 현재의 상태는 미사(아직은 죽지 않은), 미병(아직은 병에 걸리지 않은), 미상(아직은 부상이 없는)일 뿐이다. 어느 순간에 사, 병, 상이 될지 아무도 모른다. 그렇지만 우리 몸이 그냥 노쇠하도록 놔둘 수는 없다. 과연 불로장수는 가능한 것인가? 나는 호리호리하고 연약하다. 그러나 테니스 친 지 50년이 넘게 별로 아프지 않고 지금까지 왔다.

테니스는 온몸을 움직이면서 움직이는 볼을 치기 때문에 민첩한 풋워크(foot walk)가 기본이다. 그러니 몸의 어느 한 곳이라도 아프거나 부상이 있으면 제대로 칠 수 없다. 그랜드슬램(grand slam) 대회 도중에 기권하는 이유는 대부분이 부상 때문이다. 그런데도 나는 지금까지 이렇게 50년간이나 버텨온 것은 나름의 노병(no 病) 노상(no 負傷) 비법(?) 덕이다. 노심초사(勞心焦思)하며, 벌벌 떨며 건강 비법, 부상방지 비법을 지켜온 것이다. 나의 비법이란 꾸준한 운동과 박장대소(拍掌大笑)다. 매일 운동하며 크게 웃어라. 소식다소(小食多笑) 보생와사(步生臥死) 원칙, 즉 적게 먹고 많이 웃으며 많이 움직여야 한다는 원칙을 지키는 것이다.

테미는 내 건강의 버팀목이 되면서 연구와 저술은 물론 많은 일을 할 수 있게 했다. 미래의 일은 아무도 알 수 없다. 그러나 어제 테니스를 했으면 오늘도 테니스를 할 수 있고, 오늘 테니스를 했으니 내일도 테니스를 할 수 있을 것이라는 생각은 가능한 것이 아닐까?

지금까지 이렇게 버텨낼 수 있는 몸을 주신 부모님께 감사하고, 테라밸(tennis & life balance)을 이뤄보겠다고 다짐은 하지만 다짐한 만큼 충분히 실행하지 못하는 나를 이날까지 테미로 살 수 있도록 해준 아내와 가족에게 감사하며, 나와 테니스를 함께 쳐준 테니스 동지들에게 감사하며 지낸다. 살아갈수록 행복하게 산다는 것은 가까운 사람들 덕분에 가능하다는 것을 뼈저리게 느낀다. 행복은 가까이에 있다.

이제 테미들은 송년회 건배사로서 "테니스인이여 689하라!" 즉, "60대처럼 팔팔한 90대가 되자!", "테백산, 즉 테니스로 백 살까지 산다"를 크게 외쳐보자!

2

내게 있어 테니스란?

테니스는 내 삶에 있어 영원한 동거인, 반려자, 동반자다. 테미로 살다 보니 나와 테니스 사이에는 다음과 같은 몇 가지 원칙, 소신, 철학 같은 것이 생겼다.

첫째는 테즐, 테재, 테생테사다. 즉 테니스는 내게 있어 삶을 즐기며, 재미있게 사는 비결이다. 게임에 이기면 자기 성취감이 크게 올라간다.

둘째는 꾸테생테, 즉 꾸준히 테니스를 치는 것이 일상생활이다. 테니스는 가끔 틈날 때만 치는 운동이 아니라 매일 꾸준히 계속하는 운동이다.

셋째는 테니스는 자신의 한계를 극복하는 즐거움, 성취하는 즐거움, 테멍(테니스에 몰입하여 멍한 상태)의 즐거움, 어울리는 즐거움을 준다.

넷째는 준생준사(준비해야 산다), 집생집사(집중해야 산다) 마음으로 테니스를 하는 것이다.

다섯째는 어테오테내테, 즉 어제 테니스를 했으니 오늘 테니스를 하고, 오늘 테니스를 했으면 내일도 테니스를 할 수 있다는 것, 매테, 즉 매일 테니스를 치는 것이다.

여섯째는 오테, 즉 오직 테니스만 친다는 것이다.

일곱째는 테라밸, 즉 테니스와 생활 간의 균형을 맞추며 살아야 한다는 것이다.

여덟째는 긍테최테, 즉 긍정적인 생각을 가지고 현재에 최선을 다하는 자세로 테니스를 해야 한다는 것이다. 이기면 성취감을, 지면 지혜를 배운다.

아홉째는 노병노상, 미병미상 즉, 언제 병이 들지, 언제 부상 입을지 모르는 상태이므로 항상 조심하고 또 조심해야 한다는 것이다.

열째는 진인사대천명(盡人事待天命) 정신으로 테니스를 해야 한다. 즉, 우승은 최선을 다하면 주어질 수 있는 선물일 뿐이다.

이 책에 대해

1) 왜 썼는가?

테니스 좋아하면 그것으로 되는 것이 아닌가? 그런데 엉뚱하고 생뚱맞게 이런 테니스 산문집을 내는 이유가 뭘까? 그것은 올해가 나로서는 테미 50주년이기 때문이다. 다른 이유는 없다. 그냥 기념은 기념해야, 자축은 자축해야 한다는 생각에서 이 책을 쓴 것이다. 이 책은 어느날 내가 테니스와 만나 좋아하다가, 갈수록 좋아하다가, 나중에는 미치도록 좋아해서 삶의 동반자로 50년을 함께 지내온 이야기를 적어본 것이다. 테니스 레슨이라고는 한 번도 받아본 적이 없는 순수한 아마추어 출신의 테니스 고백서다. 사실 전국대회에 나가보면 나보다 테니스를 잘 치는 사람이 너무 많다. 또 나보다 더 오래 테미가 된 사람도 부지기수다. 80이 넘어서도 테니스를 치고 있는 분들도 얼마나 많은가! 그렇지만 이렇게 자신의 테니스 일생 이야기를 책으로 펴낸 사람은 없다. 나는 나의 모든 것을 보듬는 마음으로 이 책을 쓴다. 이 책이 테니스 동호인들에게 조금이나마 테니스에서 삶의 의미를 찾는 동기를 부여할 수 있다면 더 이상 바랄 것이 없다.

2) 이 책의 특성이라면?

이 책은 오직 테니스만 좋아하며 테미 이동규로 50년 동안 살아온 내 자신의 이야기다. 누가 시킨 것도 아닌, 내가 선택해서 산 테미의 삶에 관한 지극히 개인적인 이야기다. 테니스와의 만남, 테니스에 반하기, 테니스와 지내기, 테니스로 생활하기, 전국교수테니스대회의 족보에 오르기, 전국시니어테니스대회의 금배부로 등극하기, 우승하는 방법 등에 대해 정리한 것이다. 따라서 이 책은 나의 ① 테니스 자기고백서이며, ② 자화자찬서이며, 동시에 ③ 테니스에 대해 가진 나의 생각을 정리한 책이다.

그리고 이 책은 개인 복식 게임을 하는 아마추어 시니어인 저자의 이야기다. 따라서 이 책은 저자가 알고 있는 범위 내, 경험한 범위 내로 내용이 한정된다. 어떤 부분은 우물 안의 개구리 격으로 저자가 잘못 생각하고 있는 것도 있을 수 있다. 그리고 저자가 남성이고, 오른손잡이이며 시니어여서 여성이나 왼손잡이, 젊은이 세대를 충분히 배려하지 못한 부분이 있을 수 있다.

네트를 넘겨라

코트에 들어선 이상
지상명령은 어떻게든 네트 너머로 공을 넘기는 일
그리고 네트를 점령하는 것

폭염에 땀범벅이 되어도
동장군에 손발이 꽁꽁 얼어도
끝까지 뛰어가며 라켓을 휘두르는 것

마치 투우사라도 되듯
노랑 공을 뚫어지게 바라봐야 한다.
순간이라도 한눈을 판다면
플라멩코는 출 수 없는 것

발과 팔과 라켓이 한 몸이 되어
최선을 다해
상대보다 한 번이라도 더 넘긴다면
진인사대천명이라고 하듯
이기고 지는 것은 하늘이 정하는 일

어제 쳤으니 오늘도 치고
오늘 쳤으니 내일도 치며
끊임없이 사랑하는 일
네트를 넘기는 일

SERVE

테미가 되다

행복이란 자기가 하고 싶은 것을 제대로 해냈을 때 느끼는 감정이다. 테니스의 행복은 내가 의도한 대로 공을 넘겼을 때 느끼는 성취감이다.

불광불급(不狂不及): 미쳐야 미친 것이다.

테미란 테니스를 미치도록 좋아하는 것의 줄임말이다. 이 말은 골미(골프를 미치게 좋아함), 낚미(낚시를 미치게 좋아함), 등미(등산을 미치게 좋아함) 등과 같이 패러디할 수 있다.

1

테니스와의 만남

1) 1973년 테니스와 만나면서 바로 테미가 되었다

1973년 8월 어느 날 농협중앙회 명주군지부의 전무(현재의 농협은행 강릉지점장)가 나를 불러 두 달 후에 영동지역 테니스 선수 선발전이 있으니 출전해보라고 했다. "첫째, 선수로 선발되면 서울 출장도 공식적으로 갈 수 있고, 둘째, 지금까지 운동하는 것으로 볼 때 선발에 별 문제가 없을 것이며, 셋째, 테니스를 치게 되면 강릉 지역 유지들과 어울리게 되어 직장 생활하는 데도 많은 도움이 될 것이다"라며 권장했다. 그렇지만 라켓도 잡아본 적이 없는, 테니스를 전혀 생각해보지도 않은 나에게는 매우 당황스러운 제안이었다. 그래도 전무의 조언처럼 가능성이 크고 좋은 점도 많다니 한번 도전해보기로 마음을 먹었다. 이것이 나와 테니스 간 운명적 만남의 계기가 될 줄이야!

후다닥 체육사에 들러서 당시 많이 팔리는 후타바야 우드 라켓을 샀다. 또 서점에서 간신히 테니스 지도서를 구했다. 그리고 강릉 농고 테니스장에 나가 아침저녁으로 교본대로 연습했다. 이렇게 하루에 세 시간 이상을 계속했다. 두 달 후 개인전으로 벌어지는 영동지역 테니스 대표 선발대회에 나가 당당히 우승했다. 그 이후 당시 테니스가 고급 스포츠로 인식되어 강릉 기관장 및 유지들이 함께 모여 하고 있는 테니스 클럽에도 가입했다.

2) 테미란?

테미란 테니스를 미치도록 좋아하는 사람을 말한다. 내가 작명한 것이다. 테니스 홀릭(holic), 테니스 마니아(mania)의 다른 표현이다. 나는 매일 두세 시간씩 테니스장에서 살았기 때문에 나 자신이 바로 테미라고 자칭했다. 불광불급(不狂不及: 미쳐야 미친 것)이라는 말이 있듯 테니스를 미치게 좋아해봐야 나의 이러한 테미 행동을 이해할 수 있을 것이다. 테미라는 명칭이 외부에까지 사용된 것은 1992년 이후부터다. 1980년대 들어서 테니스 바람이 서서히 불다가 1990년 이후에 급속하게 불이 붙었다. 이때 코트장으로 매일 나오는 교수들을 보면서 작명한 것이 바로 '테미교'다. 즉, 테니스를 미치도록 좋아하는 교수(어떤 사람들은 '테니스에 미친 교수'라고도 함)를 줄여서 '테미교'라고 부른 것이다. 과거에는 테미 이동규 개인이었지만 이제는 교수들까지 포함하여 테미교라고 명명하면서 이 명칭은 곧바로 전국 교수 사회로까지 알려졌다. 나는 1992년 테미교의 단합을 위해 제1회 테미회장(테미교주) 배 테니스대회를 개최하기도 했다. 다만 이 대회는 제1회로서 마감되었다.

사람들이 묻는다. 어떻게 하다가 테미가 되어버렸느냐고? 또 왜 그렇게 50년이나 계속 테니스만 하느냐고? 나의 대답은 간단하다. 테니스는 재미있어서, 좋아서, 할 수 있어서 하는 것이지 다른 이유는 없다고. 사람이란 무엇을 하건 자기가 재미있어야 하는 존재가 아닌가! 만약 테니스에 재미가 없다면 영하의 날씨로 굽은 손을 비비면서, 30도 이상의 뜨거운 여름에도 땀을 뻘뻘 흘리면서 테니스를 치겠는가? 뒤늦게 테니스를 배워 테니스 재미에 빠지게 된 사람들은 "왜 내가 이제야 테니스를 시작했을까?"라고 말할 정도로 재미있는 운동이 테니스다.

나의 별칭과 아호들

첫째는 금조 이동규다. 금조는 거문고를 배우면서 스승 연정 임윤수 선생께서 지어주신 것이다. 국악, 거문고, 문학 등의 활동을 할 때 사용하고 있다. 금조(琴照)란 거문고 켜는 소리가 달빛 아래 널리 퍼지는 모습을 뜻한다.

둘째는 동녘별 이동규다. 이 별칭은 동규[東(동녘 동), 奎(별 규)]라는 한자 이름을 한글로 바꾼 별칭이다. 영어로는 east star가 되며 두 단어를 통합하면 eastar다. 유머집 등의 저술 활동에 사용하고 있다. 또한 이메일 주소에 활용하고 있다(eastar5548@hanmail.net).

셋째는 법진(法眞) 이동규다. 법진은 불교를 수양하면서 수원 마하사 황○○ 스님으로부터 연비, 수계를 계기로 받은 법명이다. 불교 공부할 때만 사용했다.

넷째는 테미 이동규다. 테미는 테니스에 미친 내 자신에게 스스로 붙인 별칭이다. 이 책에서는 테미 이동규로 쓰고 있다.

3) 나와 테니스는 찰떡궁합일까?

(1) 나는 과연 테니스에 재능이 있었을까?

어려서는 마을에서, 들과 산에서 뛰어노는 것이 일이었다. 그러니 공부와는 담을 쌓았었다. 그 결과 초등학교 6년간 우등상 한 번 타지 못했다. 그러다가 고등학교는 좋은 데 가야겠다며 입학공부를 하다 보니 광주제일고등학교에 합격하는 의외의 성과를 거뒀다.

이미 몸에 박혀있는 놀기 좋아하는 버릇을 어디에 숨기랴! 고등학교 1학년 내내 친구들과 5인방을 이루어 매주 토요일, 일요일을 광주북동탁구장(지금은 태봉산도, 탁구장도 없어졌음)에서 탁구를 치면서 보냈다. 그리고 2학년 때는 친구의 형이 운영하는 당구장에 몰래 들어가 당구를 쳤다. 그러나 3학년으로 진급하면서는 대학입시를 준비한다며 당구를 끊었다. 대학생이 되어서는 대학 휴강이 잦아 강의실보다는 운동장에서 축구나 배구를 하며 보냈다.

1972년 6월 ROTC 8기로 만기 전역한 다음 농협중앙회에 입사했다. 시군지부에서 현장 근무를 해야 한다는 규정에 따라 첫 근무지로 강릉을 지망했다. 울며 왔다가 웃으며 떠난다는 대관령고개를 넘어간 것이다. 덕분에 강릉 경포대와 삼척의 죽서루, 양양의 낙산사, 그리고 울진의 망양정과 월송정을 비롯해 설악산도 춘하추동 사계절마다 구경했다. 물론 오대산 월정사와 상원사 그리고 소금강은 여러 번 갔다. 특히 강릉 경포 앞바다에서 불쑥 올라오는 일출을 기어코 보겠다는 일념으로 새벽같이 자전거를 타고 매일 왕복 8km를 달렸다. 3개월간 노력 끝에 겨우 한 번 일출다운 일출을 볼 수 있었다.

운동에는 소질이 좀 있어서 관내 금융기관 대항 체육대회가 열리면 탁구, 축구, 배구 대표선수로 출전했다. 그러다가 테니스가 내게 들어왔다. 아니, 내가 테니스 속으로 들어갔다. 2개월 만에 영동지역 대표로 선발되고, 이런저런 테니스 시합에서 **여러 차례 우승하다 보니 마치 내가 테니스에 타고난 능력이 있는 것처럼** 생각되었다. 사실은 내게 타고난 테니스 재능이 있었다기보다는 테니스가 재미있어서 꾸연노(꾸준한 연습과 노력)를 하다 보니 후천적으로 테니스 능력이 주어졌을 것이다.

(2) 테니스가 내 몸에 맞는 것인지
내 몸이 테니스와 맞는 것인지

축구, 배구, 농구 등은 직접 몸으로 하는 운동이다. 키가 크고, 체력도 좋으면 얼마나 좋겠는가만 나는 별로 장점이 없다. 이런 모든 것을 다 갖춘 사람을 보면 부럽기는 하다. 그렇지만 테니스 실력은 이 두 가지 요소에 크게 좌우되지 않는다는 점이 마음에 들었다.

테니스는 코트가 가까운 곳에 있어 매일 두어 시간씩 꾸준히 운동할 수 있어서 좋았다. 테니스와 삶의 균형, 삶과의 공존, 공생, 공영 등 테라밸(tennis and life balance) 면에서도 훌륭했다. 그래서 50년 이상을 테니스와 함께 살아온 것이다.

테니스를 계속 치다 보니 건강은 덤으로 따라왔다. 본래 나는 체구도 작고 힘을 쓰지 못하는 약체였지만 테미 이동규가 된 뒤로는 잔병치레를 거의 하지 않는 건강체가 되었다. 또 테니스를 칠 수 있는 시간을 내기 위해 자투리 시간을 활용하는 것도 몸에 배었다. 바이오리듬도 오전 6시에 출근하여 하루를 시작하는 아침형 인간으로 굳어졌다.

나는 이처럼 테니스와 만나 50년째 테미 이동규로 살고 있다는 것에 대해 전혀 후회하지 않는다. 앞으로도 테니스와의 동반 여행은 계속될 것이다. 27세 이후 지금까지 테니스 이외의 다른 운동에 한눈판 적이 없었다. 그러니 내 스스로를 순테(순전히 테니스만 치는 순애보 테니스), 오테(오로지 테니스), 테미(테니스를 미치도록 좋아하는) 이동규로 부를 수 있는 것이다.

4) 테니스는 왜 치는가?

- *재테오테: 재미가 있어야 오래 친다.*
- *즐테장테: 즐겁게 쳐야 오래 친다.*

◦ *오테최테: 오래 치는 것이 최고로 좋은 테니스다.*

테니스는 흥미진진한 스포츠다. 전신운동이며 심폐지구력, 순발력, 민첩성 향상에 도움을 주는 최고의 건강 스포츠다. 또 테니스를 치면서 포인트를 땄을 때, 게임에서 이겼을 때 맛보는 자기성취감, 테니스 칠 때의 **테멍**(테니스에 몰입된 상태)은 테니스의 또 다른 재미다. 그리고 복식 테니스는 더불어 즐거움을 나누는 운동으로 사회성 향상, 인간관계 증진에 도움되니 얼마나 유익한가!

재미란 자신의 뇌가 기분 좋음을 느낄 때 생기는 개별적인 만족감이다. 사람이란 자기가 좋아하는 것을 성취했을 때 재미를 느끼며 행복감에 젖는다. 즉, 테니스 재미의 뿌리는 내가 내 몸을 움직여서 이루어 내는 **자발적 성취감**이다. 마치 아이들이 태어나서 처음으로 몸을 뒤집었을 때, 기었을 때, 일어섰을 때, 걸었을 때 자꾸 반복하면서 깔깔 웃고 좋아하는 것과 마찬가지다. 이처럼 테니스 재미는 상대가 실수하거나 잘못 쳤을 때 생기는 감정이 아닌 내가 잘 쳐서, 실수하지 않고 넘겼을 때 느끼는 성취감이다.

그래서 테니스는 재테오테, 즉, 재미가 있어야 오래 칠 수 있다. 또한 즐테장테, 즉 즐겁게 테니스를 쳐야 장기간 칠 수 있다. 삶은 사람에게 재미와 즐거움을 누리라고 주어진 단 한 번의 기회가 아닌가! 한 번밖에 주어지지 않는 우리의 삶은 재미만 보기에도, 즐기기만 하는 데도 시간이 별로 많지 않다. 나중에 재미 보자, 나중에 즐기자, 나중에 웃자, 나중에 행복하자 하는 것은 말장난에 불과하다. 테니스는 지금, 현재를 중시하는 '소확행' 운동이다.

테니스는 칠수록 실력이 늘고 실력이 늘수록 경기에도 이긴다. 이겨보면 성취감을 느끼며 테니스가 더 재미있어진다. 내가 친 볼이 상대방이 받기 어려운 발밑이나 빈틈으로 제대로 넘어갔을 때, 드라이브로 친 볼이 상대 코트의 베이스라인 근방에 뚝 떨어졌을 때, 내가 친 볼이 네트 위 10센티미터 정도로 넘어갔을 때, 내가 친 스매싱이 상대방 코트 구석으로 제대로 꽂혔을 때, 내가 넘긴 발리가 상대방이 받기 어려운 곳에 떨어지면서 포인트를 땄을 때 테니스 재미는 더욱 커진다.

테니스 치는 재미를 몇 가지로 요약하면 다음과 같다.

① 직접 몸을 움직여서 내가 의도한 대로, 실수 없이 성취했을 때 느끼는 재미
② 몸이 민첩하게 반응하여 순발력을 보였을 때의 짜릿함
③ 팀워크를 이루면서 함께 어울리며 파이팅 할 때의 즐거움
④ 우승했을 때의 자아실현감, 자존감, 자긍심
⑤ 내 몸을 내 뜻대로 움직이고 있다는 것에서 느끼는 자기만족 및 자신감

5) 나와 테니스 간의 관계는?

나와 테니스와의 관계는 동고동락하는 동반자 관계다. 둘은 하루도 뗄 수 없는 테생테사(테니스 때문에 산다) 관계다. 테니스는 삶의 일부분

이기 때문에 아무도 무엇도 우리 사이를 떼어낼 수 없다. 둘은 몸속에 융합된 피붙이 관계다.

6) 테미 증상

내 일상의 테미 증상을 보면 다음과 같다.

첫째 증상은 하루의 일정을 테니스에 맞춘다는 것이다. 일정을 모두 테니스에 맞춰 짠 것인지, 테니스 일정을 하루 일정에 맞춘 것인지 구분이 안 될 정도다. 나는 1973년 27세 테미 제1기 태동기에는 새벽같이 일어나 테니스장부터 갔다. 그리고 대부분의 업무를 최대한 일찍 처리한 다음 오후 4시 이후에는 다시 테니스 코트로 나갔다. 테미 제2기 정착기에는 일찍 출근하여 강의 준비를 하고, 오후 4시부터 테니스를 쳤다. 주말 당직도 자청하면서 테니스 치는 시간을 늘렸다. 테미 제3기 테미교주기에는 아침형 인간 바이오리듬을 굳혔다. 즉, 아침 6시에 출근하고 연구와 강의를 오후 3시까지 마친 다음 3시부터 6시까지 코트장에서 살았다. 오후 테니스를 치기 위해 모든 강의나 회의는 주로 오전에 한 것이다. 개인적인 일, 연구 등도 오후 3시 이전 또는 6시 이후에 했다. 평일 비가 와서 테니스를 칠 수 없을 때도 일단 3시가 되면 테니스장에 한 번 들러 혹시라도 테니스장이 비에 떠내려간 것은 아닌지(?) 둘러본 다음 연구실로 돌아왔다. 그러나 매번 비 온다고 안 칠 수는 없는 일이어서 비만 내리면 김천에 있는 실내테니스장까지 가서 테니스를 쳤다.

근래에는 대전에도 오량실내테니스장, 송강실내테니스코트장 등 실내 코트가 있고, 하드 코트나 인조잔디 코트도 여러 곳에 조성되어 있어서 비가 오더라도 테니스를 치는 데 별 문제가 없다. 테미 제4기 전업기인 지금은 은퇴했기 때문에 걸릴 것이 없어 직장 출근하듯 9시부터 테니스를 친다. 평생을 살면서 지금 가장 많이, 그리고 자주 테니스를 한다.

둘째 증상은 테니스는 매일 쳐야 한다고 생각하는 어테오테내테매테 증상이다. 어테오테내테매테란 어제 테니스를 쳤으니 오늘도 테니스를 치고 오늘 테니스를 친다면 내일도 테니스를 친다, 그래서 매일 테니스를 친다는 말이다. 심지어는 테니스를 하지 않는 날은 헛산 것이라고 생각한다. 따라서 **테니스를 쳐야 오늘이 의미 있는 날이 되는 것이다.** 나는 월요일은 원래 테니스 치는 날, 화요일은 화끈하게 테니스 치는 날, 수요일은 수없이 테니스 치는 날, 목요일은 목에 숨이 찰 때까지 테니스 치는 날, 금요일은 금방 치고 또 테니스 치는 날, 토요일은 토하도록 테니스 치는 날, 일요일은 일부러 테니스 치는 날로 보며 매일 테니스를 친다. 즉, 일상에서 테니스는 나와 한 몸뚱이인 것이다. 소위 **테생테사**다. 즉, **테니스에 살고 테니스에 죽는, 과장하면 테니스가 전부다**(Tennis is everything)라는 생각으로 테니스를 치는 것이다. 나는 이렇게 51년째 일주일에 5일 이상을 치고 있다. 이런 테미 생활을 하다 보니 등산, 골프 등 다른 취미활동에는 "○○○ 새가 없어서" "할 겨를이 없어서" 곁에 가보지도 못했다. 새가 없다는 말은 "할 새가 없어, 갈 새가 없어, 틈새가 없어, 겨를이 없어"를 뜻한다.

셋째 증상으로는 무엇을 하건, 어디를 가건 항상 테니스에 관심을 가지며 테니스에 우선순위를 부여한다는 것이다. 그러니 아무리 애를 써도 테니스 경계(바운더리, boundary)에서 벗어나지 못한다. 누가 무엇을 해달라고 하면 바로 'Yes'라는 대답을 쉽게 하지 않지만 테니스를 치자고 하면 바로 'Yes'라고 답한다. 테니스를 사실상 만사 제쳐 1순위에 놓고 있는 셈이다. "**테니스는 전부다**[Tennis is 10(all)]" "**지금 당장 테니스를 치세요**(Play tennis right now)"이다. **테미로서의 내 정체성**, 증상이 드러나는 부분이다. 테미라서 일어나자마자 우선 날씨부터 체크한다. 날씨가 좋으면 '오늘 테니스 치기 참 좋은 날'이라고 생각한다.

넷째 증상은 테니스를 매일 칠 수 있도록 자기관리를 철저히 하는 것이다. 테니스가 모든 스트레스를 날려버리고 또 몸을 건강하게 해주기 때문이다. 모든 길은 로마로 통한다고 하듯 나의 모든 활동은 테니스로 연결된다. 그래서 **테니스가 일 그리고 가족, 삶과 균형**을 이룰 수 있도록 최선을 다한다. 이것을 나는 **테라밸의 실천**이라고 작명했다. 어떻든 매일 테니스를 꾸준히, 그리고 규칙적으로 치기 위해 평소의 일상을 건강관리에 맞춘다. 그래야만 어제 테니스를 쳤으니 오늘도 칠 수 있고, 오늘 쳤다면 내일도 칠 수 있다고 생각하는 것이다. 테니스를 언제 그만두게 될지 나도 모른다. 사실 테니스에 무슨 은퇴가 있으랴. 몸이 따르지 못해 더 이상 칠 수 없다면 그때가 바로 은퇴하는 시점일 것이다.

다섯째 증상은 테니스 치는 것 자체를 자축하며 자화자찬한다는 것이다. 나는 지금까지 테미 30주년 기념 테니스대회, 회갑 기념 테니스대회, 정년 기념 테니스대회를 열었다. 그리고 2023년에는 테미 50주년 기념 테니스대회를 개최한다.

여섯째 증상은 다른 운동은 하지 않고 오직 테니스만 친다는 것이다. 나는 테미가 된 다음부터는 테니스 이외에는 다른 운동을 전혀 하지 않았다. 주위 사람들이 가장 많이 물어보는 것은 **왜 골프를 안 하느냐**다. 사실 관심은 있었지만 테니스 때문에 할 수 없었다. 왜냐하면 매일 테니스를 쳐야 하므로 골프를 칠 겨를이 없었기 때문이다. 골프가 싫어서가 아니라 테니스에 올인(all in)하다 보니 골프 칠 새가 없었던 것이다. 또, 지금 테니스에서 얻고 있는 재미를 골프를 새로 시작해서 과연 얻을 수 있을 것인가에 대한 확신이 들지 않았기 때문이기도 하다.

7) 테미 동지들

주위에는 나처럼 테미가 된 사람들이 많다. 다음의 물음에 예라고 대답할 수 있는 사람들이 바로 나의 테미 동지들이다.

(1) 테니스의 재미를 충분히 아는가?

어떤 일이건 재미가 없다면 왜 하겠는가? 사람의 사는 의미를 구태여 댄다면 재미있어서가 아닐까? 세상은, 삶은 재미가 있어야 살 만한 것이다. 테니스 치는 재미를 알고, 테니스가 치고 싶다는 생각이 기본적으로 깔려 있다면 그들이 바로 테미다.

(2) 테니스를 일주일에 3일 이상 두 시간 이상씩 치는가?

시간이 많다고 하여 테미가 되는 것은 아니다. 테니스를 치려면 다른 것보다도 테니스 순위를 1순위로 올려놓아야 한다. 테니스를 치는 것이 지금 당신이 해야 할 일이다(To do tennis is what you have to do now)! 아무리 바빠도 일주일에 3일 이상 두 시간 이상은 테니스 칠 수 있는 시간을 낼 수 있어야 테미다. 이를 위해 아침형 인간이 되고, 열성적으로 자기 일을 처리하는 근면 성실한 사람이 되어야 한다. 따라서 자투리 시간을 잘 활용하는 지혜를 생활화해야 한다.

(3) 몸과 마음을 다해 될 때까지 노력하는가? 꾸연노가 왕도다. 중도 포기는 없다

세상에 공짜 점심은 없다고 하듯 테니스는 매우 정직한 운동이다. 꾸준히 레슨을 받으며 연습하고, 게임에 투자하면 경기력이 좋아진다. 열심히 그리고 꾸준히 노력하여 드라이브가 내가 생각한 대로 될 때까지, 스매싱이 실수 없게 꽂힐 때까지, 서비스가 의도한 대로 들어갈 때까지 연습하고 또 연습하는 사람이 진정한 테미다. 테니스 기본에 최선을 다하지 않으면서, 연습도 제대로 하지 않으면서 잘 안 된다고, 늘지 않는다고 불만을 가지는 것은 테미의 기본 자세라고 볼 수 없다. 세상 살아가기도 몸과 마음을 다해서 될 때까지 최선을 다하면 성공하고 행복할 수 있는 것이다. 테니스는 내가 해야 하는, 누구도 대신 해줄 수 없는 고독한 운동이다. 테니스에 왕도는 없다. 꾸연노, 즉 꾸준한 연습과 노력이 왕도다.

(4) 테라밸을 실천하는가?

테니스를 치는 것과 균형 잡힌 삶은 영원한 동반자다. 테미가 되려면 기본적으로 테라밸, 즉 테니스와 삶 간의 균형을 맞추는 사람이어야 한다. 테라밸이 가능할 때 테미는 지속 가능하다. 자기가 맡은 일은 물론 가정에도 충실할 때 테미로서 자격이 있는 것이다. 테라밸을 달성하려면 평소에 '노상병'(부상과 질병이 없음)에 최선을 다해야 한다. 과식해서는 소화불량을 피하기 어렵지만 소식해서는 소화불량 되기가 어렵다. 어제 테니스 했다면 오늘 또 테니스 할 수 있을 것이고, 오늘 테니스 했다면 내일 테니스를 할 수 있도록 몸을 유지해야 한다.

(5) 어울림과 덕분에, 그리고 '이파지내' 철학으로 사는가?

세상살이는 덕분이라는 것을 생각하며 다른 사람들과 어울릴 수 있어야 진정한 테미다. 따라서 세상을 긍정적으로 봐야 한다. 그래서 테니스는 '덕분에' 하는 운동이다. 더불어 어울리는 운동이다. '이파지내' 철학을 실천하는 운동이다. 즉, 이기는 것은 파트너 덕이고 지는 것은 내 탓인 것이다. 그런데 대부분의 사람들은 게임에서 이기는 것은 내가 잘해서 그런 것이고 게임에서 지는 것은 파트너의 실수 때문이라고 탓한다. '**당신 덕분입니다**', '**이파지내**' 정신으로 테니스를 치는 사람이 진정한 테미다.

(6) 테니스의 고독함, 순간에 최선을 다해야 함을 이해하는가?

테니스는 본질적으로 고독한 운동이다. 임팩트(impact), 즉 치는 순간에는 오롯이 혼자만의 결단력이 필요하다. 누구도 도와줄 수 없는 그 순간에 허용된 시간은 0.005초다. 이 볼을 짧은 순간에 로빙으로 넘길 것인가, 강하게 스트로크를 칠 것인가 등의 의사결정을 내려야 한다. 삶의 가장 중요한 지혜는 순간 대응, 즉 신속한 의사결정과 적절한 반응에 있다. 테미는 이러한 고독한 순간, 최선을 다해야 하는 순간에 **일타종타**(一打終打, one shot one kill)의 중요성을 인식하는 사람이다. 한 번 치면 끝이다. 되돌릴 수 없는 것이다.

2

테미 예찬론

1) 건강장수 묘약이더라

테니스 친다는 것은 두 가지의 특성이 있다. 하나는 치는 것 자체는 아무도 대신 해줄 수 없는 매우 고독한 운동이라는 것이다. 또 테니스는 0.005초라는 짧은 순간에 공을 쳐야 하기 때문에 어떻게 쳐야 할 것인가를 순간적으로 결정해야 한다. 순간적인 의사결정력과 돌연히 몸으로 떨어지는 볼에 대한 순간적인 반응력이 매우 중요하다. 두 가지는 따로 떼어낼 수 없는 사실상 한 몸이다. 구태여 구분한다면 전자는 로빙 볼, 스트로크, 하프 발리, 드롭 샷 등의 결정이며 이는 테니스의 기본 기술로서 몸 기억화에 관련되어 있다. 그리고 후자는 수많은 경기에서 단련되어 몸에 프로그래밍 된 순발력과 연관되어 있다. 즉, 어떤 일을 하든지 기본을 잘 익혀야 한다는 것 그리고 수많은 경험을 통해 순발력을 갖

쳐야 한다는 것을 말해준다. 이 때문에 테니스는 가장 좋은 건강장수 운동으로 꼽히고 있다. 영국의 연구에서는 테니스가 어떤 운동보다도 가장 많이 건강장수를 누리게 한다고 발표했다.

나는 1946년 음력 9월 21일(양력 생일 10월 15일) 술시생이다. 사주는 개해(병술년丙戌年), 개월(무술월戊戌月), 개일(壬戌日), 개시(경술시庚戌時)로 소위 개 사주다. 그만큼 연식이 오래되었다. 내 나이도 어느덧 77세가 되었다. 희수(喜壽)를 넘겼다. 아무도 세월의 흐름을 막을 수는 없다. 갈수록 몸이 노후화됨을 느낀다. 허약해짐은, 노쇠해짐은 노력하지 않아도 가능하다. 487세대, 즉 40대처럼 팔팔한 70대, 588세대, 즉 50대처럼 팔팔한 80대, 689세대, 즉 60대처럼 팔팔한 90대 테니스를 실현하려면 꾸준히 운동해야 한다. 매일 테니스라는 장수대보탕을 복용해야 하는 것이다. 오늘도 여전히 테미 이동규로서 테니스와 함께 살고 있다.

2023년 4월 19일 대전 송촌테니스장에서는 제6회 전국팔순테니스 대회가 열렸다. 전국에서 30여 명의 건각들이 참여했다. 80살이 넘어서도 뛸 수 있다는 것은 얼마나 부러운 일인가! 나이가 들수록 나이가 든 사람들의 테니스가 존경스럽다. 이분들이 바로 인생 승리자들이다.

이젠 테미들은 송년회 건배사로서 **"테니스인이여 689하라!"** 즉, "60대처럼 팔팔한 90대가 되자!" 더 나아가서는 **"테백산"**, 즉 **"테니스로 백 살까지 산다!"**를 크게 외쳐보자.

2) 테라밸이 가능하더라

테미가 일상이 되다 보니 일상이 테니스에 맞춰져 있다. 아니 일상에 테니스가 녹아있다. 현직에 있을 때는 평일 오후 3시부터 6시까지 교내에서 테니스를 했다. 주말이나 휴일에는 클럽에서 테니스를 했다. 그리고 지금처럼 퇴직한 상태에서는 주말이나 휴일 개념이 없어져서 매일 오전 9시부터 12시까지 테니스장에서 산다. 새벽 운동, 오전 일과, 오전 테니스, 오후 일과 등으로 이어지는 다람쥐 쳇바퀴 도는 일상이 매일 반복된다. 이렇게 고정된 내 일상을 가족들은 다 알고 있다. 나는 사실 이런 일상을 즐긴다. 하루의 흐름이 같아서 다음에 무엇을 할지를 걱정할 필요가 없다. 테니스를 친다고 하루 종일 치는 것은 아니기 때문에 대부분의 가정사는 내 일상과 조화를 이루어낼 수 있다. 이따금 테라밸을 위해 테니스를 희생해야 한다.

3) 칠수록 좋은 점이 많더라

(1) 자긍심, 자신감, 자존감을 갖게 했다

① 테니스는 에티켓과 매너를 중시하는 신사운동이다
테니스 코트는 네트를 가운데 두고 양쪽으로 나뉘어 있다. 즉, 네트

가 있어서 어떤 경우에도 네트를 넘어가서 상대방과 몸을 부딪치거나 몸싸움을 할 염려는 없다. 그리고 테니스 코트에는 인 혹은 아웃 등을 가려낼 수 있도록 서비스라인, 베이스라인, 사이드라인 등이 분명하게 표시되어 있다.

테니스 게임 중에는 선수는 물론 관중도 선수의 경기에 방해될 만한 행동을 하면 안 된다. 예를 들어 선수가 라켓을 던져서 부러뜨리며 화풀이를 한다든지, 경기와 무관하게 공을 쳐내 선심이나 관중에게 위협을 가하는 등 비신사적인 행동을 하면 주의 조치가 내려질 뿐만 아니라 벌금도 부과된다. 또 선수가 서브를 넣으려고 하는데 관중이 소리 지르거나 플래시를 터트려서 경기에 방해를 준다면 심판이 이를 제지한다. 관중의 함성이 그치지 않을 때는 주심이 마이크로 "조용히 하시오(Be silent)"라고 하지 않고 "고맙습니다(Thant you)"라고 말한다. 그러면 숨소리까지 들릴 정도로 조용해진다. 이처럼 테니스는 에티켓(객관적인 것)과 매너(주관적인 것)를 바탕으로 하고 있다.

동호인 테니스에서도 복장을 제대로 갖추며, 서비스를 넣을 때 상대에게 인사하고, 볼을 넘겨줄 때도 상대방의 눈을 보면서 상대방이 준비된 것을 확인하고 넘겨주며, 상대방의 몸에 위협을 가할 정도로 볼을 쳤을 때는 미안함을 표시하는 말과 태도를 하고, 인 아웃을 잘못 불렀을 때는 적절한 사과 등을 하는 것이 매너다. 특히 인 아웃을 가지고 지나치게 다툼을 벌이면 매너에서 벗어난다. 내가 지적하지 않아도 상대방의 억지나 매너에서 벗어난 행동에 대해 다른 사람들이 알고 있다. 항상 웃으면서 좋은 말로 대화하는 것이 테니스의 기본 자세다. 아무리 치열한 경기라고 할지라도 경기가 끝나면 네트 쪽으로 모여 서로 다정하게 인사한다. 그랜드슬램 대회에서 패배한 선수는 심판에게 먼저 가서 손을 내밀어 고맙다는 인사를 한다.

② 평등을 지향한다

세계 4대 그랜드슬램(grand slam) 대회에는 모두 오픈이라는 말이 붙어있다. 즉, 기본적으로 남자, 여자라는 구분만 있지 선수의 국적, 나이, 키나 몸무게 등에는 아무런 제한도 두지 않는다. 특정 국가에서 정치적인 상황이 발생하더라도 테니스에서는 이를 이유로 해당 국가 선수의 참석을 제한하지 않는다.

③ 테니스 규칙은 엄격하며 공평하게 적용된다

누구든지 2022년도 호주 오픈 테니스에 참가하려면 코로나19 백신을 맞아야 한다는 규칙에 따라 세계 1위인 세르비아 출신 조코비치는 백신 접종 거부로 출전하지 못했다. 예외가 없는 것이다.

④ 자기성찰을 하도록 한다

아마추어 테니스에서는 골프 핸디처럼 개인의 수준을 나타내는 척도가 없다. 물론 대한테니스협회에서 실시하는 레벨 평가를 받을 수는 있지만 선수의 길로 들어선 사람이 아닌 일반인들로서는 거의 필요가 없다. 대신에 시니어 테니스 전국대회에서 입상한 경우 개인별 테니스 포인트가 부여된다. 그러나 테니스를 치는 동호인들 모두가 전국대회에 출전하는 것은 아니기 때문에 모든 사람의 수준을 알기는 어렵다. 설사 출전한다고 해도 파트너가 있는 복식 게임이기 때문에 자신의 실력이 좋아서 승리한 것인지 아니면 파트너가 잘해서 이긴 것인지 아니면 두 사람의 호흡이 잘 맞아 그 기세로 이긴 것인지 등 그 원인을 일일이 알 수는 없다. 그러다 보니 한 번의 우승으로 누구는 금배부다, 누구는 은 배부다라고 부르기 애매하여 최소 두 번 이상 은배부에서 우승해야 금 배부로 승격시킨다. 그리고 테니스는 대부분의 경우, 다른 사람은 내가 스스로 평가하는 수준보다 한 단계 낮은 수준으로 평가하고 있다는 것 을 알 필요가 있다. 이런 사실을 받아들이고, 겸손해야 진정한 테니스인 이 될 수 있는 것이다. 결국 내 자신을 낮추면서 좀 더 발전하려고 노력 하는 것이 자기가 해야 할 일이라는 것을 분명히 인식시켜주는 것이 테 니스다.

⑤ 자기관리를 철저히 하여 건강한 생활을 하도록 이끌어준다

다른 운동도 그렇겠지만 테니스는 움직이는 볼을 치기 때문에 몸 에 이상이 있으면 공을 치기 어렵다. 엘보가 생기거나 무릎 관절이 아프 다거나 허리에 고장이 나면 테니스를 쉬어야 한다. 어제 테니스를 쳤다 면 오늘 테니스를 칠 수 있고, 오늘 테니스를 쳤다면 내일도 테니스를 칠 수 있다는 테니스 생활 철학을 지켜내려면 아침부터 저녁까지 자신 의 몸을 철저히 관리하지 않으면 안 된다. 어떤 사람은 나에게 일주일에 하루 정도는 테니스를 쉬라고 말한다. 이 말은 마치 자식들이 도시에 살 면서 매일 논밭에 나가 일을 하는 부모에게 전화해서 "제발 농사일 좀 줄이고 편안히 좀 사시라" 하는 말과 같다. 만일 일을 그만둔다면 부모 의 건강은 급속하게 나빠질 것이 뻔하다. 부모의 대답은 한결같이 "알았 으니 걱정하지 말아라. 곧 그만두겠다"겠지만 속으로는 "이놈들아, 일에서 손 놓으면 나 죽어…!"라고 말하고 있다. 나처럼 이미 테니스에 중독된 사람들에게 테니스를 하루 쉬라는 것도 마찬가지인 것이다.

(2) 스트레스를 말끔히 날려버렸다

테니스는 골프나 당구처럼 경기 중에 입을 다물어야 하는 운동이 아니다. 테니스는 순간적으로 터져 나오는 탄성이나 아쉬움 등을 소리로 표출할 수 있다. 두 사람이 한 팀으로 경기를 하므로 서로가 파이팅하며 나이스 볼 등을 외칠 수 있다. 실수하는 볼이 나오면 아쉬움을 표현하기도 한다. 어떤 사람들은 서브를 넣을 때마다, 스트로크나 스매싱을 할 때마다 기합을 넣기도 한다. 상대 선수에게 지장을 줄 정도가 아니면 이러한 기합, 파이팅, 쏘리 등의 외침은 통용된다.

나는 **테니스에 구력(球力)이나 구력(球歷)도 있어야** 하지만 **구력(ㅁ力)도 필요하다**고 농담을 한다. 물론 경기 당사자이건 관중이건 상대 선수의 심기를 거슬리게 하는 말이나 고함, 행동 등을 해서는 안된다.

테니스를 치는 동안에는 정신적으로 무념무상의 **테멍에** 빠진다. 왜냐하면 테니스는 순간순간 볼에 집중해야 하므로 다른 생각을 할 수가 없기 때문이다. 상대가 친 볼이 어디로 날아올지를 집중해서 응시해야 대비가 가능한 것이 테니스다. 따라서 테니스 경기 직전까지 가졌던 삶의 고민도 일단 코트장에 들어가면 다 잊어버리고 테니스에 전념해야 한다. 그래서 테니스를 치고 나면 육체적으로 가뿐해지고 정신적으

로도 개운해진다. 만약 잠깐이라도 딴생각을 하면서 한눈을 판다면 파
트너가 금방 알아버린다. 또 공이 그것을 눈치채기라도 한 것처럼 갑자
기 그를 습격해버린다.

(3) 어울림에서 오는 재미, 덕분에 사는 재미를 느꼈다

테니스는 두 사람이 한 팀으로 운동한다. 그러므로 두 사람 간 파트
너십이 좋아야 이길 수 있다. 파트너 덕에 이길 수도 있지만 파트너 때
문에 지기도 한다. 파트너와는 공동운명체인 것이다. 파트너와 마음이
맞지 않는다면 어떻게 시너지 효과가 날 수 있겠는가? 그래서 테니스
복식은 혼자 재미 보는 운동이 아니라 함께 어울릴 때 즐거움을 맛보는
운동이다. 사회생활, 가정생활의 축소판이나 다름없다.

따라서 테니스는 파트너와의 공감과 소통, 공유 등이 매우 중요하
다. 파트너끼리는 서로의 만남을 반가워하며 서로를 칭찬하고 **이파지
내 정신, 즉 이기면 파트너 덕이고 지면 내 탓**이라는 마음을 가질 때
경쟁력은 커진다. 파트너가 멋지게 포인트를 땄을 때는 바로 "굿 샷",
"나이스 샷", "굿 파트너", "나이스 파트너" 등을 외치며 파이팅 하는 재
미는 복식 테니스에서 **뺄** 수 없는 즐거움이다. **좋은 인간관계가 성공
DNA가 된다**는 것을 알려주는 것이 바로 복식 테니스인 것이다.

또한 테니스는 다양한 사람들과 사귀게 한다. 지극히 개인주의라
고 할 수 있는 대학교수들도 테니스를 치게 되면 상대방이 자신이 소속
된 단과대학 교수가 아니어도 테니스를 매개로 즐겁게 교류한다. 한 달

에 한 번 볼까 말까 한 같은 전공 교수보다는 거의 매일 만나 테니스 치는 교수와 더 친한 것이 보통이다. 우리나라 100여 개의 4년제 대학에서 출전하여 1,600여 명의 교수들이 벌이는 2박 3일간의 전국대학교수테니스대회에서는 자기가 소속된 대학을 넘어서서 전국 대학의 교수들과 교류하는 기회도 갖게 한다. 직장 내에서 테니스를 하게 되면 수직적·수평적 교류가 이루어져 업무 효율성도 높아진다. 또한 일반 동호인 테니스 클럽에 가입하게 되면 다른 직종의 사람, 다른 연령대의 사람들과도 자주 만나게 된다. 운동으로 만나기 때문에 훨씬 더 평등한 만남, 벽이 없는 만남, 자연스러운 수직적·수평적 교류가 이루어진다. 그만큼 인간관계의 폭이 넓혀지면서 사회적 유대감을 많이 쌓게 한다. 이처럼 테니스는 대표적인 사회체육 운동이며 덕분에 살고 있다는 것을 확실히 인식시켜주는 운동이다. 전국 동호인시니어테니스대회에 참가하면 전국 곳곳에서 테니스를 치고 있는 사람들과 친분을 맺을 수 있다.

(4) 실력이란 실수에서 배워야 진짜라는 것을 알게 했다

살아가면서 우리는 많은 실수나 실패와 마주하게 된다. 이들을 어떻게든 해결하며 살아내야 하는 것이 삶이다. 잘 해결하면 성공의 길로 가게 되지만 실패한 경우, 인생의 쓴맛을 보게 된다. 그런데 인생이란 이러한 문제가 계속 발생한다는 것이다. 그래서 실패했을 때라도 앞으로 또 비슷한 문제가 생기면 제대로 대처할 수 있는 지혜를 터득하는 것이 매우 중요하다.

테니스는 어떤 운동보다도 실수가 많이 발생한다. 그러니 실수와 실패에서 삶의 지혜를 배우듯 테니스도 실수, 실패에서 배워야 진짜 실력을 높일 수 있다. 전국 동호인시니어테니스대회의 경우, 누가 이기느냐 탈락하느냐 여부는 대부분 누가 실수를 얼마나 더 많이 하느냐에 달려있다. 테니스는 공을 멋있게 친다고 하여, 세게 친다고 하여 점수를 더 주는 게임이 아니다. 어떻게 해서라도 공을 쳐서 네트를 넘기고 또 넘기다 보면 상대방이 실수하게 될 때 이기는 것이다. 실력은 종이 한 장 차이다. 어떻게든 버텨내고 넘기면서 상대방의 실수를 엿보는 것이다. 인생살이와 마찬가지로 실수에서 실수하지 않는 방법을 배워야 한다.

(5) 순간순간에 최선을 다해야 한다는 것을 일깨워주었다

인생도 한번 가버리면 되돌릴 수 없듯 **테니스도 오직 현재, 지금 이 순간에 최선을 다해야 하는 운동이다.** 잘 사는 것이란 지금, 순간, 오늘에 최선을 다해 사는 것이라는 인생 철학과 상통한다. 테니스는 상대방이 넘기는 볼을 **0.005초 사이에** 잘 받아쳐서(수용성, 긍정성) 상대방 코트로 넘겨줘야 한다. 이처럼 **테니스는 순간의 최선이 최선의 결과를 가져오는 원샷 원킬**(one shot, one kill) **운동이다.** 일단 쳤다 하면 그것을 되돌릴 수는 없기 때문이다. 테니스공을 치고 나서 "아이구" 하는 통곡 소리가 나온다면 이미 잘못 친 것이다.

그래서 테니스는 누구도 대신 해줄 수 없는 매우 고독한 운동이다. 어떤 공이 오더라도 내가 이를 본능적·즉각적으로 받아쳐서 네트를 넘길 수 있는 순발력이 있어야 한다. 현재 상황에 대해 부정하거나 불평하는 것은 허용되지 않는다.

3

나의 테미 연대기

1) 제1기(1973~1976) : 태동기(테니스와의 만남, 초창기)

① 강릉기: 1973년 테니스와 처음 만났다. 매일 2~3시간씩 강릉농고에서 테니스를 쳤다. 아침에는 강릉테니스클럽에서 테니스를 치고, 바로 출근했다. 본격적인 테미 생활을 시작한 시기다.

② 서울기: 1975년 서울에 있는 농협중앙회 본사로 자리를 옮겼다. 그리고 매주 토요일과 일요일 및 공휴일에는 고양에 있는 농협대학 테니스장에서 테니스를 쳤다. 마침 같은 부서에 테니스 선수 생활을 하다가 은퇴한 직원이 있어서 테니스의 기본자세, 서브 요령, 스매싱과 발리 등 여러 가지 교정을 받았다. 시간만 나면 항상 섀도 테니스(shadow tennis)를 하면서 테니스를 연습했다.

2) 제2기(1976~1982) : **완성기**(테미의 일상화)

1976년 승진과 동시에 대전에 새로 설립된 농협중앙회 충남연수원 교수로 근무하게 되었다. 이때부터 매일 오후 4시만 되면 테니스를 치는 완벽한 테미 생활인 **매테**(매일 테니스)가 완성되었다. **테미의 대표적 증상인 어테오테, 오테내테, 매테중테**(매일 테니스 중독 테니스)**를 실현한 것이다.**

나는 토요일, 일요일과 명절(추석과 설) 때도 사감(당직)을 하면서 테니스를 쳤다. 1976년 당시에는 대전에서 테니스 치는 사람이 손꼽을 만큼 적었다. 동호인들이 모여 연수원 코트에서 주말이나 공휴일에 운동하는 독골테니스클럽을 만들었다. 그러면서 주말까지도 테니스를 했다. 또한, 간간이 당시 대전에서 테니스를 조금 친다는 사람들끼리 연락하여 갈마동 동산아파트 테니스 코트에서 테니스를 치기도 했다. 그러면서 1980년 이후 대전에도 수많은 아파트가 지어지면서 아파트 단지마다 운동시설로서 테니스 코트가 새로 만들어졌다. 대전의 테니스 인구도 폭발적으로 늘어났다.

3) 제3기(1982~2012) : **교주기**

1982년 2월 농협중앙회 충남연수원 교수를 사직하고 충남대 교수로 자리를 옮겼다. 그리고는 매일 오후에 테니스를 쳤다. 이때 나는 테미교를 창시(?)하고 교주가 되었다. 다른 교수들도 이 이름이 마음에 들었는지 스스로를 테미교 신자라고 불렀다. 테미교 덕분인지 충남대는 전국대학교수테니스대회 개인전과 단체전에서 여러 차례 우승했다. 이렇게 테니스 명문대학으로 발돋움하면서 충남대의 테미교도 전국에 알려졌다.

1992년에는 테미교 명명식을 겸한 테미교주 배 테니스대회를 개최했다.

(1) 테미교주 배 테니스대회 내용

이 대회는 내가 충남대학교 교수 테니스 모임의 별칭을 테미교로 이름 지은 것을 기념하기 위해 1992년 3월 26일 개최한 대회다. 다음은 당시 회원(테미교 신자)들에게 보낸 대회 알림 메일의 내용이다. 이 알림 내용에서 특이한 사항은 테미교 신자들의 11가지 테미 증상을 기술한 점이다.

(2) 대회 개최 알림 내용(메일)

발신: 이동규(dklee@cnu.ac.kr)
수신: 충남대학교 교수테니스회 회원

테미교 교주(회장) 배 테니스 대회를 아래와 같이 개최합니다. 적극적인 참여 부탁드립니다.

아   래

1992년도 테미교 교주 배 테니스대회를 개최합니다.

- 테미교라는 명칭은 테니스에 미친 교수들 모임을 말함. 자연대 테니스회
  의 본래 명칭은 태극회, 계수회였으나 충남대학교 전체 교수테니스모임
  으로 확대하면서 테미 이동규가 별칭으로 지은 것임.

1. 일시: 1992.3.26 15:00~
2. 장소: 충남대학교 테니스장
3. 참가자격:

   다음 증상 중 어느 한 가지라도 자신과 관련이 있다고 생각하는 사람

   1) 오후 그 시간만 되면 근질근질하여 아무것도 손에 안 잡힌다.

   2) 날씨에 무척 신경을 쓴다.

   3) 비만 오면 괜히 기분이 안 좋다.

   4) 허리가 아파도 코트에 나온다.

   5) 코트 근방에만 오면 마구 옷을 벗는다.

   6) 누구보다도 빨리 옷을 갈아입는다.

   7) 토요일이건 일요일이건 가리지 않고 테니스를 한다.

   8) 느티나무집을 들러야 살맛이 난다.

   9) 유니폼에 신경을 쓰지 않는다. 런닝셔츠라도 상관없다.

   10) 연습은 필요 없고 오직 플레이만 있을 뿐이다.

   11) 남이 하는 시합은 항상 파이널 게임(final game)이며 매치 포인
       트(match point)이다. 바로 시합에 들어가고 싶어서이다.

(3) 대회 진행

① 조편성:

14:50에 접수를 마감하며 대회 본부에서 조편성 및 대진표를 작성한다.

② 1차전 패자는 별도의 토너먼트 시합(패자부활전)을 갖는다.

③ 시합: 조별 시합은 파이브 올(5:5) 파이널 게임

결승 토너는 식스 올(6:6) 타이브레이크

④ 시합구: 낫소

⑤ 심판: 경기를 위해 대기하고 있는 팀

⑥ 시상

– 그랑프리: 우승컵 및 부상

– 최우수상: 위와 같음

– 우승상: 위와 같음

⑦ 기타(1):

음료수, 맥주 등이 제공되며 참가비는 없음. 교주(회장) 단독 주최함,

다만 스폰서는 막지 못함

⑧ 기타(2):

대회 고문(안병준, 최철규, 윤석승, 이기선), 총진행(유관희, 이계호)

1992. 3. 26.

테미교 교주(회장) 이동규

4) 제4기(2012~현재): 테미 전업기

정년퇴직 하면서부터는 토요일, 일요일, 공휴일, 그리고 오전, 오후 등이 모두 의미가 없어졌다. 그래서 시니어(60세 이상)들과 함께 오전에 테니스를 친다. 매일매일 테니스를 하는 매테 이동규가 되었다. 마치 직장에 출근이라도 하듯 매일 9시면 코트장으로 나간다. 그리고는 11시 반이 되면 퇴근하여(?) 사무실로 돌아온다. 2019년부터는 코로나19로 해외여행도 할 수 없다 보니, 현직에 있을 때보다 훨씬 더 많이, 더 자주 테니스를 쳤다. 전국교수테니스대회 3연승, 전국과학기술인테니스대회 3연승도 모두 퇴직 이후에 거둔 성과다. 매일 오전에 어디 가느냐고 누가 물어보면 **나의 현재 직장인 테니스장으로** 가는 길이라고 말한다. 출근을 안 하면 잘리므로 무슨 중요한 일이라도 하는 것처럼 매일 가는 것이다.

4

테니스 활동사(클럽활동, 대회 출전 등)

1) 연도별 테니스 활동

① 1973~1975년에 강릉농고 코트에서 운동하는 강릉테니스클럽에 가입하여 테니스를 쳤다.

② 1975~1976년에 매주 토요일과 일요일에 원당에 있는 농협대학에서 농협중앙회 선수들과 함께 테니스를 쳤다.

③ 1976~1981년에 농협충남연수원 교수로 있으면서 평일에는 직원들과, 주말에는 동호인 클럽 회원들과 테니스를 쳤다.

④ 1977년 농협중앙회장 배 테니스대회에 중앙회의 단체전 선수로 출전했으며, 개인전에서 우승했다.

⑤ 1977년부터 대전 독골테니스 클럽 창립회원, 내동테니스클럽 및 가장테니스클럽 회원으로 활동했다.

⑥ 1982년 3월에 충남대학교 교수로 부임하면서 매일 오후 3시부터 6시까지 테니스를 쳤다. 그러면서 충남대의 테미교 교주가 되었다.

⑦ 1984년부터 퇴직할 때까지 매년 전국교수테니스대회 개인전 및 충남대 단체전 대표로 출전했다.

⑧ 1995년 전국교수테니스대회 개인전에서 우승(청년B조)했다.

⑨ 1996~1998년 유성구사회테니스연합회 회장을 맡았다.

⑩ 1998년에는 충남대에서 전국교수테니스대회를 개최하고 추진위원장을 담당했다.

⑪ 1999년 충남대 교수테니스연합회 회장을 맡았다.

⑫ 전국교수테니스에서 1999년 장년부 3위, 2000년 장년부 3위, 2006년도 및 2007년도 노년부 우승, 2011년도 노년부 준우승, 2015, 2016, 2017년 3년 연속 시니어부 우승, 2019년도 시니어부 3위 등 10차례 입상했다.

⑬ 2003년에 무등테니스회 회장을 맡았다.

⑭ 2003년 8월 테미 30주년 기념대회를 개최했다.

⑮ 2006년 7월 회갑 기념 테니스대회를 개최했다.

⑯ 2011년 한밭시니어테니스 회원이 되었다.

⑰ 2012년 2월 정년 기념 테니스대회를 개최했다.

⑱ 전국과학기술인테니스대회에서 2015, 2016, 2017년 3연패를 달성했다.

⑲ 2017년 베스트시니어테니스회를 창립하여 초대, 2대, 3대 회장을 담당했다.

⑳ 2023년에는 테미 50주년 행사를 개최할 예정이다.

2) 대회 출전과 우승

(1) 개인전 우승

1984년부터는 우리나라 100여 개 4년제 대학에서 1,600여 명의 교수들이 참여하는 전국교수테니스대회 개인전 및 단체전에 참가했다. 이 대회에서 여섯 번의 개인전 우승과 네 번의 2, 3위 등 10회 입상했다. 특히 2017, 2018, 2019년 3년간은 파트너를 계속 바꿔가면서 3연승을 달성하기도 했다. 또한 2014, 2015, 2016년도에도 전국과학기술인테니스대회에서 역시 파트너를 바꿔가면서 3연승을 달성했다. 내가 아마추어로서 최고 수준의 테니스 선수는 되지 못하지만 전국교수테니스대회와 전국과학기술인테니스대회에서 3연승을 달성한 기록보유자가 된 것이다.

① 1977년 농협중앙회 주최 전국테니스대회 개인전 우승
② 전국교수테니스대회 개인전 우승 6회, 2위 및 3위 입상 4회 등 10회 입상했으며 전국교수테니스대회 시니어부에서 2016, 2017, 2018년 3연패 달성

③ 전국과학기술인테니스대회에서 2015, 2016, 2017년 3연패 달성

④ 2012년 전국시니어테니스대회 65세부 왕중왕전 우승

⑤ 전국시니어테니스대회 5회 우승, 2, 3위 입상

⑥ 2017년 대한체육회 주최 전국어르신테니스대회 우승

⑦ 2018년 대전시니어대회 70세부 우승

⑧ 2022년 대전서구청장 배 테니스대회 70세부 우승

⑨ 2022년 전국과학기술인총연합회 제42회 테니스대회 시니어부
준우승

(2) 단체전 우승

- 전국교수테니스대회 단체 장년부 대표로 출전하여 2002, 2005,
2006, 2009년도 충남대학교 우승
- 대덕연구단지테니스대회 단체전에 출전하여 수차례 우승

- 2019년 대전클럽대항 시합에서 베스트시니어클럽 선수로 출전하여 우승
- 제9회 생활체육 전국테니스대회 대전 대표로 출전

LOVE

나의 테니스

1

내 몸은 테니스를 이렇게 받아들였다

나이가 들어갈수록 키와 체중 모두 줄어든다. 한때는 내 키가 좀 더 컸더라면, 그리고 체중이 좀 더 나갔더라면, 좀 더 근육질이었다면 내가 테니스를 좀 더 잘 칠 수 있었을 것이라는 생각도 했다. 그렇지만 그것은 쓸데없는 생각임을 잘 안다. 타고난 신체는 내 의지로 바꿀 수 있는 것이 아니기 때문이다.

나는 누가 봐도 사실 약체다. 밥도 제대로 못 먹은 사람처럼 삐쩍 말랐다. 소위 피골이 상접한 상태다. 뼈대도 굵지 않다. 그래서 아프지 않으려고 운동을 더 했던 것 같다.

나는 내 몸에 적합한 테니스 방식을 받아들일 수밖에 없었다. 좋게 말하면 자기화한 것이다. 즉, 몸이 가진 강점은 더 강점이 되도록 했다. 그리고 약점을 최대한 보완한 것이다. 그래서 테니스 치면서 내 신체의 약점에 대해 핑계를 댄 적이 없다. 이렇게 소화한 나의 테니스 스타일을 보면 다음과 같다.

첫째는 몸이 가벼워서 빨리 뛰는 테니스를 한다. 쇼트도 빨리 뛰어가서 받으며 뒤로 넘어가는 로빙 볼도 뒤로 물러나면서 받아낸다. 네트도 빠르게 점령한다.

둘째는 체력 소모가 적은 테니스를 한다. 소위 경제적인 테니스를 하여 체력을 유지한다. 겉모습이 너무 말라서 체력이 약할 것으로 보이지만 몇 세트를 하건 너끈하게 뛸 수 있다. 그렇지 못했다면 어떻게 전국교수테니스대회 3연승, 전국과학인총연테니스대회 3연승을 거둘 수 있었겠는가! 교수테니스대회에서 결승전까지 진출하려면 일곱 번을 이겨내야 한다. 그래서 결승전은 사실상 실력과 체력 싸움이다. 연승을 거뒀다는 사실 자체가 체력의 뒷받침이 있었다는 것을 증명한다. 특히 2006년도 전국교수테니스대회에서는 첫날 치르는 개인전에서 여덟 번을 이기면서 우승하고 다음 날 치러진 단체전 대표로 출전해서도 우승했다. 개인전 경기를 하루 먼저 시행하므로 개인전 우승은 바로 체력의 완전 소모로 이어진다. 그래서 다음 날 치러지는 단체전에서는 선수로 출전하더라도 전혀 힘을 쓰지 못하고 패배하는 것이 정상이다. 그러나 나는 이 단체전 결승까지 모두 승리하여 우리 팀을 우승으로 이끌었다. 이렇게 전국교수테니스대회에서 개인 단식과 단체전 모두 우승하는 사례가 별로 없다. 다른 사람들은 나의 테니스는 많이 움직이지 않는 테니스, 즉 경제적인 테니스여서 가능하다고 평가한다. 쓸데없이 움직이지 않고 필요할 때만 움직인다는 것이다.

셋째는 지구력이 높은 테니스를 한다. 땀이 잘 안 나는 체질이어서 지구력에 도움이 된다. 사실 운동하면서 땀을 흘리는 것이 보약이라는 것은 잘 알고 있다. 그렇지만 여름철에 땀이 너무 많이 나면 체력이 빨리 소진된다. 즉, 쉽게 지친다. 땀이 많이 나는 체질은 헤어밴드를 하지 않으면 땀이 눈까지 내려온다. 손바닥에도 땀이 흥건히 밴다. 그러니 게임에 지장을 줄 수도 있다. 그러나 다행히 나는 땀이 적게 난다. 아무리 더운 여름철이어도 지치지 않고 계속해서 테니스 게임을 소화한다.

넷째는 사지가 강도 높은 테니스를 잘 흡수한다. 무릎과 눈이 아직은 버텨주고 있다. 테니스는 대부분 나이가 들면서 무릎이 안 좋아서 그만두게 된다. 퇴행성관절염이 진행되고 거기에 체중까지 불어나면 무릎이 견디지 못하는 것이다. 또 시력 면에서도 내가 친 볼이, 혹은 상대방이 넘긴 볼이 인(in)인지 아웃(out)인지 여부를 비교적 정확하게 판단한다. 그리고 발바닥, 손가락의 테니스를 버텨낸다. 족저근막염이 생기거나 손가락에 물집이 생기지 않는다.

2

나의 테니스 특성

- 운동으로서 테니스를 좋아할 뿐 지극히 평범하고, 특별할 것이라고는 없다.
- 매일 두어 시간씩 치는 것이 일상화되어 있다.
- 독학 검정고시 출신이지만 꾸연노(꾸준한 연습과 노력)로 자기만의 테니스를 완성한 자수성가 테니스다.
- 즐기는 테니스다.
- 우승은 사람과 운이 결정한다고 믿는다.
- 테라밸을 중시한다.

사람들이 테니스를 좋아하는 유형도 다양하다. 어떤 사람들은 테니스를 좋아하는 것이 아니라 특정 선수를 좋아한다. 나달, 알카로스, 조코비치, 페더러, 정현, 권순우 등 각자가 좋아하는 선수의 팬덤이 되어 그 선수의 경기가 열리는 곳이라면 어디든 응원하고 따라다닌다. 또 테니스 홀릭인 사람도 있다. 이들은 아마추어 테니스인이지만 국내에서 열리는 모든 대회에 다 출전할 뿐만 아니라 테니스 발전을 위해 자비로 대회를 개최하거나 테니스협회 임원으로 참여하여 봉사하는 등 자신의 생활을 테니스에 올인(all-in)하는 유형이다. 이들은 말하자면 열성의 상급 테미들이다.

그렇지만 나의 테니스는 건강운동형이다. 테니스가 나의 일상이 되어있지만 어디까지나 취미로, 건강을 위해 꾸준히 할 뿐이다. 테미, 즉 테니스 마니아이지만 테라밸을 중시한다. 테미 이동규의 테니스 특성은 다음과 같이 정리할 수 있다.

1) 오테, 외테, 한테다

1973년 테미가 된 이후 지금까지 오로지 테니스만 쳤다. 골프가 한참 유행일 때, 주위 사람들이 골프도 잘 칠 것이라며 적극 권유했지만 테니스 치느라고 골프 칠 수 있는 시간을 내지 못했다. 외골수로 오로지 테니스만 치면서 이날까지 살아온 것이다. 그래서 나는 나의 테니스를 오테(오직 테니스), 외테(외골수 테니스)라고 칭한다.

2) 일테, 생테다

불법시생활 생활시불법(佛法是生活生活是佛法)이라고 하듯 테니스가 일상생활이며 일상생활이 테니스다. 중독 수준이다. 그렇다고 담배나 마약 같은 중독은 아니다. 건강에 도움되는 적절한 운동 중독(?)이다.

3) 즐테, 락테다. 즉, 즐기는 테니스다

테니스 치는 것을 미치도록 좋아하고 테니스를 즐긴다. 호지자불여락지자(好知者不如樂知者), 즉, 아는 것이 즐기는 것만 못하다고 하지 않는가! 테니스는 재미가 있어야 즐거워서 치는 것이다. 물론 게임에 이기면 더 재미있다. 성취감도 맛본다. 그렇지만 경기에 지면 이것도 경험이라고 여긴다. 다음에 이기면 되는 것이다. 테멍을 즐기며, 테니스가 자기주도적으로 성취하는 운동이라는 것 자체를 즐긴다.

4) 테기다. 테미를 기념한다

우리는 단 한 번 삶을 산다. 지나간 것은 무엇도 되돌릴 수 없다. 그래서 나는 "기념은 기념해야 기념이다"라는 좌우명으로 기회가 될 때마다 자화자찬 기념을 한다. 즉, 1992년의 테미교 명명식 기념 테니스대회, 2003년의 테미 30주년 기념 테니스대회, 2005년의 회갑 기념 테니스대회, 2012년의 정년 기념 테니스대회, 그리고 이번의 2023년 테미 50주년 기념 테니스대회 개최가 그것을 말해준다. 이 외에도 자화자찬 행사로는 시립연정국악원 단원의 이동규 교수 박사학위 취득 축하연주회, 2002년의 첫 시집『몸이 말을 하네』출판기념회, 2008년 시집 및 산문집 출판기념 제2회 출판기념회, 2015년 시집 및 산문집 출판기념 제3회 출판기념회 등을 열었다. 그리고 금년에는 테미 50주년 기념 산문집『네트를 넘겨라』출판기념회 및 기념테니스대회를 개최할 예정이다.

5) 독학형 테니스, 검정고시형 테니스, 자기주도형 테니스, 자수성가형 테니스다

나의 테니스는 레슨을 받은 적이 없는 테니스다. 오직 혼자서 책으로 배우고, 다른 사람이 치는 것에서 배우고, 다른 사람의 조언에서 배우고, 경기 중 실수와 패배에서 배운 테니스다. "인생은 내가 만드는 것이다"라는 말을 실증하듯 자수성가로 나만의 테니스를 만들어온 것이다.

6) 매테를 통해 운동력을 유지 강화하는 테니스다

매일 두세 시간씩 50년째 계속 치고 있다. 가능하면 하루에 3세트 이상의 경기를 하면서 체력을 유지·강화한다. 하루 5~8세트까지 할 수 있는 체력을 가져야 대회 결승전을 무난히 치를 수 있다.

7) 민첩성과 순발력을 바탕으로 한 테니스다

발이 빨라서 쇼트 볼이 오더라도 최대한 뛰어가서 받는다. 또 몸에 오는 볼을 순간적으로 받아쳐서 넘긴다. 다른 사람이 내 몸 근방 5미터 내에 볼을 치면 안 된다고 농담을 한다. 왜냐하면 상대방이 스매싱으로 내 몸에 치더라도 순간적으로 되받아 넘기기 때문이다.

나의 테니스 경기 스타일

1) 수비형, 소프트형: 파워형, 원투펀치형이 아니다

　나는 키가 크지 않고 체중도 가볍다. 그만큼 파워(power) 면에서 상대적으로 약하다. 그러나 테니스는 자신의 강점은 더 강점으로 그리고 자신의 약점을 강점으로 만드는 것이 비결이다. 나는 끝까지 공을 보면서 끝내 네트를 넘기는 테니스를 한다. 상대방 코트로 넘기되 상대보다 한 번 더 넘기는 것, 즉 실수하지 않고 계속 넘기는 것, 다시 되돌아올 수 없도록 넘겨주는 것, 이것이 나의 실력이고 나의 테니스 스타일이다. 그래서 이 책의 제목이 『네트를 넘겨라』다. 테니스 재미의 뿌리는 내가 의도한 대로 잘 넘겼다는 것, 멋지게 넘겼다는 것, 상대방의 빈 곳으로 넘겼다는 것, 그리고 내가 실수하지 않고 넘겼다는 것에 있다. 이것을 자화자찬할 때 재미는 깊이 들어온다. 테니스는 사실 넘겨주고 안 받아도 되는(Not Give & Take, But Give & Not Take) **운동이 아닌가!**

　테니스는 움직이는 볼을 치기 때문에 의도하지 않은 실수(에러)가 많이 발생한다. 우승하느냐 탈락하느냐를 결정짓는 것도 실수의 숫자다. 그래서 테니스는 상대방이 실수할 수도 있으므로 일단 공을 넘겨놔야 한다. 아마추어 테니스는 실수에서 시작하여 실수로 끝난다는 말도 여기에서 나온다. 그래서 테니스는 실수에서 배우는 운동이다. 따라서 테니스 치면서 포인트를 따려는 욕심이 앞서면 실수라는 엉뚱한 놈이 기를 펴고 달려든다. 테니스는 강하게 그리고 멋지게 쳤다고 하여 한꺼번에 두 점 주는 경기가 아니다.

　실수의 원인은 나에게 있다. 내게서 실수에 대한 해결방안을 찾을 때 테니스 실력은 발전한다. 행운의 여신은 하늘에서 내려오는 것이 아니라 뛰어다니며 실수 없이 네트를 넘기는 곳으로 어느새 찾아온다.

　나의 테니스는 **스트롱 테니스**(strong tennis), **파워 테니스**(power tennis)**가 아니라 소프트 테니스**(soft tennis), **버티기 테니스**(enduring tennis), **툭툭 넘기는 테니스**(tuk tuk tennis)**다.** 이처럼 나의 테니스는 수비형을 바탕으로 한다.

　즉, 나의 경기 스타일은 끈질긴 테니스, 상대의 리듬을 깨는 테니스를 통해 체력을 관리하고 고수를 만나도 이길 수 있다는 강한 멘탈을 견지하는 스타일이다. 드라이브(drive)나 플랫(flat) 등 전형적인 방법으로 치는 것이 아니라 대부분 볼을 슬라이스나 스핀을 많이 걸어 치고 또 드롭 샷 볼이나 로빙 볼로 넘겨줌으로써 볼의 움직임을 비정상적으로 만드는 테니스를 친다. 소위 **구질이 구질구질하다.** 상대방이 간신히 넘기면 이것을 포인트로 연결하는 것이다.

2) 파트너십을 강조하는 스타일

- *나의 테니스는 이파지내 철학으로 파트너십을 중시하는 테니스다. 즉, 테니스 우승은 파트너 덕분이고 지는 것은 내 탓이라고 생각하는 것이다.*

복식 테니스는 두 사람이 한 팀이 되어 벌이는 경기다. 각자가 수비와 공격을 하여 상대 팀보다 더 많은 포인트를 따내야 이긴다. 그러니 혼자만 잘해서는 포인트 따기가 어렵다. 그래서 파트너와 한 마음이 되는 것이 중요하다. 파트너 덕에 이기기도 하고 지기도 한다. 또한 나 때문에 이기기도 하지만 지기도 하는 것이다.

그래서 테니스 경기를 이기는 비법은 "이파지내, 즉 이기면 파트너 덕이고 지면 내 탓이다"라는 정신으로 파트너십을 올리는 것이다. 우리가 더불어 살아야 행복해지는 것처럼, 파트너와 공존·공생·공영하는 정신으로 테니스를 치는 것이 바로 우승하는 비법이다.

3) 꾸연노로 다져진 버티는 스타일

테니스는 쉬운 운동이 아니다. 50년 이상 테니스를 쳤지만 테니스란 많이 친다고 실력이 그만큼 좋아지는 것도 아닌 매우 어려운 운동이다. 그렇지만 재미있어서 한번 맛 들이면 끊기는 어렵다. 전국대회에 출전해서 겨뤄보면 나보다 잘 치는 사람이 정말 많다. **세상도처유상수(世上到處有上手)**, 즉 도처에 나보다 잘하는 사람이 있다는 것이다. 그렇지만 미리 겁먹을 필요는 없다. 마틴 루터 킹 목사도 **"계단 꼭대기를 볼 것이 아니라 가장 아래에 있는 첫 계단을 보라"**고 말하지 않았는가! 선천적인 재능만으로 테니스를 잘 치는 것은 아니다. 연습하고 노력하면 실력이 올라가는 것이 테니스다.

나의 테니스는 소위 독학 테니스, 검정고시 출신 테니스여서 시행착오가 많았다. 그렇지만 고치고 또 고치면서 노력하고 노력했다. 소위 꾸연노로 17년 이상, 1만 시간 이상을 쳤다. 소위 전문가 경지에 오를 수 있다는 과정을 실천한 것이다.

꾸연노는 선천적인 재능과 상관없이 후천적인 재능을 만드는 마술지팡이다. 노력은 능력이 되고, 노력은 스승이 된다. 꾸연노를 실천함에 있어 가장 위험한 적은 바로 스스로 자기와 타협하려는 유혹이다.

테니스 기술이 자기화되고, 몸 기억으로 될 때 그것이 진짜 테니스 실력이 된다. 레슨을 받건, 고수의 지도를 받건 결국은 자기 몸에 맞도록 내 테니스를 만들어야 자기 실력이 되는 것이다. 나는 키가 크지 않고 파워가 약하다. 그렇지만 최대한 나의 몸과의 조화를 이룰 수 있도록 나름의 테니스를 만들었다. 나의 테니스는 버티는, 쉽게 지지 않는, 힘을 적게 소비하는 끈적끈적한 테니스가 되었다. 그런데 이런 테니스가 전국교수테니스대회에서 2015, 2016, 2017년 3년간 내리 우승하는 성과를 만들었다. 매년 파트너를 바꿔가면서 우승한 것이다. 이는 전국교수테니스대회 사상 유례없는 기록이다. 또 2013, 2014, 2015년 3년간 전국과학기술인테니스대회에서 3연승을 달성했다. 그리고 전국시니어테니스대회 65세부 왕중왕전에서 우승하는 등의 성적을 거두었으니 내 자신도 이 성과에 놀랄 따름이다.

4) 체력 소모를 줄이는 스타일

많이 움직이지 않는다. 집생집사(집중에 살고 집중에 죽는다) 정신으로 볼 끝에 집중하고 예측함으로써 넘어오는 볼에 대해 예측하고, 최소한의 동작으로 이에 대응한다. 포인트 계산이 끝난 볼을 줍기 위해 쓸데없이 뛰어다니지 않는다. 약팀을 만나면 최대한 빨리, 엄청난 스코어 차로 이긴다. 버티는 테니스란 체력 소모를 최소화하는 테니스다. 소위 당동당동, 부동당부동, 즉 움직여야 할 때는 움직이고 움직이지 않아도 될 때는 움직이지 않아야 한다.

FIFTEEN

자화자찬하다

1) 전국교수테니스대회 3연승

전국교수테니스대회는 1972년 소강 민관식 문교부 장관이 창설한 전국 4년제 대학교수들의 테니스대회다. 나는 1983년 이후 전국교수테니스대회에 빠짐없이 참가하고 있다. 이 대회에 참가하는 교수들의 로망은 교수테니스대회 책자의 입상자 명단에 올라가는 것이다. 나는 1995년도 청년부 우승, 1999년 장년부 3위, 2000년 장년부 3위, 2006년도 노년부 우승, 2007년도 노년부 우승, 2011년도 노년부 준우승, 2016(45회), 2017(46회), 2018(47회) 시니어부 3연속 우승, 2019년도 시니어부 3위 등 우승 6회와 입상 4회 등 열 번을 수상하면서 교수테니스대회의 족보에 10회나 등재되었다.

내가 자축하며 자화자찬하는 것은 2016년부터 내리 3년간 이 대회에서 연승을 거뒀다는 것이다. 매년 파트너를 바꿔서 3연승한 것은 교수테니스대회 사상 처음 있는 일이었다. 3연승을 위해서는 기본 실력, 지구력과 체력, 민첩성과 순발력, 끈질긴 승부 근성, 파트너와의 좋은 팀워크 그리고 대진운, 게임 운이 따라줘야 한다.

2016년도 첫 번째 시합에서는 파트너와 전에도 우승한 바 있어 서로의 실력을 믿고 최선을 다했다. 결승도 비교적 쉽게 우승했다. 그런데 2017년에는 파트너를 구하지 못해 절절맸다. 작년 파트너와는 팀을 이룰 수 없다는 규정을 지켜야 하기 때문이었다. 그러다가 막판에 간신히 파트너를 구했다. 그렇지만 그의 전적은 별로 좋지 못했다. 전에도 출전한 바는 있으나 대부분 초반에 탈락한 전적만 있었다. 그래서 처음부터 우승보다는 참가에 의미를 두었다. 다만 그는 어떤 시합에서도 주눅 들지 않는 강한 정신력을 가지고 있었다. 또 드라이브로 감아올리는 로빙 볼이 일품이었다. 어떻든 파트너가 친 공은 포물선을 그리면서 상대방 코트로 넘어갔고 되돌아오는 볼은 내가 포칭 하거나 발리, 스매싱으로 포인트를 따냈다. 그러다 보니 결승전까지 올라가버렸다. 이기면 2연승 기록을 세우게 되는 결정적인 시점이 다다른 것이다. 결승전 상대 팀은 우리 팀을 보고 어떻게 저런 팀이 결승까지 올라왔지 하며 얕보는 기색이 역력했다. 그런데 해봐야 하는 것, 끝나야 끝나는 것이 테니스 게임이 아닌가! 상대방의 볼을 계속 받아 넘기다 보니 상대 팀은 당황한 듯 하나둘 실수를 저지르기 시작했다. 결승전을 구경하고 응원했던 사람들도 십중팔구는 테니스 기본이 탄탄한 상대 팀이 무난하게 이길 것이라고 보고 있었다. 그러나 결과는 우리 팀이 우승했다. 이렇게 하여 연속두 해 우승을 거머쥔 것이다.

그리고 2018년도에 거둔 세 번째 우승은 정말 운이 크게 작용했다. 이번에도 파트너를 구하지 못해 절절매다가 출전하지 않겠다는 분을 간신히 파트너로 모셨다. 결승전에 오르고 보니 상대 팀은 작년에 4강 진입전에서 우리 팀에게 발목이 잡혔던 강팀이었다. 기본기도 잘되어 있고, 강력한 서비스를 장착했을 뿐만 아니라 나이도 우리보다 10년 가까이 젊었다. 그 팀으로서는 다행히 예선전에서 우리와 서로 만나지 않아(?) 결승전까지 올라온 것이었다. 경기는 5대5가 되었다. 타이 브레이크 게임이 시작되었다. 그런데 타이 브레이크에서 또다시 6대6이 되었다. 이젠 규정에 따라 7점 선취를 하는 팀이 우승하는 것이었다. 포인트 1점에 나에게는 3연승이 되느냐 마느냐가 걸린 것이다. 그런데 우리가 한 포인트를 따서 우승한 것이다. 이렇게 하여 3연승이라는 위업(?)을 달성했다. 그것도 내 나이가 70, 71, 72세 등 70대에 이루어졌다. 60세 이상이 참여하므로 나이로는 10년 이상이 젊은 교수들과 경쟁을 벌여 우승한 것이다. 나이를 뛰어넘은 것은 꾸준한 운동으로 쌓인 지구력, 체력, 실력 때문이었다. 결국 3연승의 비결은 꾸테, 즉 꾸준히 매일 테니스를 하는 것이었다. 세상에 공짜 점심은 없다. 물론 세월은 몸의 노화를 가져온다. 그렇지만 체력이나 구력은 결코 세월에 비례해서 약해지는 것은 아니다. 테니스는 어제 했으니 오늘 할 수 있고, 오늘 했으면 내일도 할 수 있는 것이 아닌가! 매일 하면 더 잘할 수 있다.

전국교수테니스대회 규정에서는 당해 연도 입상한 파트너와는 다음 해는 물론이고 그다음 해까지 두 해 동안 파트너가 될 수 없다. 즉, 3년째가 되어야 다시 파트너를 할 수 있도록 규정되어 있다.

이동규의 전국교수테니스대회 입상 내역

연도	성적	비고
2019	3위	시니어B, 조선대학교
2018	우승	시니어B, 서울시립대학교
2017	우승	시니어B, 강원대학교
2016	우승	시니어B, 경북대학교
2011	준우승	노년부A, 강릉원주대학교
2007	우승	노년부, 조선대학교
2006	우승	노년부, 안동대학교
2000	3위	전남대학교
1999	3위	영남대학교
1995	우승	전북대학교

전국교수테니스대회 3연승 우승 패

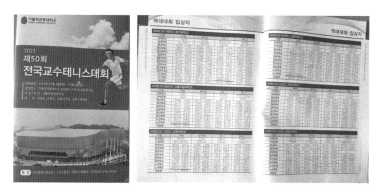

이름이 10회 올라간 전국교수테니스대회 족보

2) 전국과학기술인테니스대회 3연승

    전국과학기술인테니스대회에서 2014, 2015, 2016년 내리 3년간 우승했다. 이 대회의 준우승과 3위 등 세 번의 수상까지 모두 합하면 총 여섯 차례 수상했다. 이 대회에서도 파트너를 바꾸면서 3회 연속 우승을 하기는 쉬운 일이 아니었다. 2016년 우승은 기적에 가까웠다. 왜냐하면 작년 우승자이므로 당연히 대회 출전은 해야 하지만 파트너를 구할 수 없었다. 대회 본부에 이런 사정을 이야기했더니 어떤 분이 신청은 했는데 파트너가 없단다. 그러니 그 사람과 팀을 이루어 경기를 하라는 것이었다. 소속이 다르니 한 번도 함께 테니스를 해본 적은 없었다. 이렇게 이상한 팀으로 시합을 한 것이다. 그런데 어찌어찌 하다 보니 결승전까지 진출했다. 결승 상대 팀은 둘 다 체육교수 출신이고 또 테니스 실력이 좋은 분들이라 우승은 물 건너갔구나 하고 생각할 수밖에 없었다. 그런데 그들 사이에 서로 자존심을 건드는 말이 오가더니

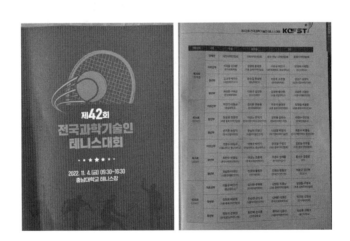

자중지란이 일어났다. 그 결과 어이없게도 우리가 그만 우승을 하고 말았다. 어떻든 행운의 여신이 우리의 손을 들어주면서 그 어렵다는 3연승을 이룬 것이다.

3) 시니어 전국대회 우승

(1) 전국생활테니스 시니어 65세부 왕중왕전 우승(2012)

2012년 왕중왕전이 양지테니스코트에서 열렸다. 이 대회는 지난 3년간 전국대회 금배부에서 우승한 65세 이상의 최고 수준 베테랑들이 참가한 전국대회였다. 이 대회에서 우승을 거머쥔 것이다. 이 우승으로

65세부 왕중왕전 우승 사진(뒷줄 왼쪽에서 두 번째가 저자)

인해 2012년 이후의 전국대회에서는 무조건 나를 금배부로 배정했다.

(2) 2017 어르신테니스페스티벌 70세 금배부 우승

2017년 대전 충남대 코트장에서 열린 대한 테니스협회 주최의 어르신테니스페스티벌 70세 금배부에서 우승을 차지했다.

(3) 기타 대회

매년 열리는 각종 전국시니어대회에서 10여 차례 우승했다.

2

자축할 수 있어 행복하다

우리는 오늘을 산다. 내일은 있지만 결국은 오늘을 사는 것이다. 오늘이 쌓여서 일생이 된다. 27세부터 시작된 테미의 삶이 어느덧 77세, 즉 테미 50주년이 되었다. 얼마나 대단한 일인가. 내 스스로도 놀랄 따름이다.

나의 철학은 살아오면서 생긴 기념할 만한 것들은 기념해야 기념이 된다는 것이다. 이런 생각은 1988년 대전시립연정국악원 단원들이 축하해준 "금조 이동규 교수의 박사학위 수여 축하 연주회"를 거치면서 굳어졌다. 이를 계기로 하여 2002년에는 첫 번째 시집 『몸이 말을 하네』의 출판기념회를 열었다. 그리고 2003년에는 테미 30주년 기념 테니스대회를 개최했다. 또 2008년에는 두 번째 시집 『몸에 박힌 말』, 세 번째 시집 『몸의 말을 듣다』, 첫 번째 산문집 『낭비야 가라』, 첫 번째 유머집 『일주일만에 유머 달인 되기』 및 전공서적 등을 출간하고 두 번째 출판기념회를 열었다. 2012년에는 정년 기념 테니스대회를 열었으며, 2015년에는 네 번째 시집 『몸과 말 사이』, 두 번째 산문집 『더불어 참을 열다』를 출간하고 세 번째 출판기념회를 개최했다.

그리고 2023년에는 테미 50주년 기념 산문집 『네트를 넘겨라』 출판기념회 겸 테미 50주년 기념 테니스대회를 연다.

1) 이동규 교수 테미 30주년 기념대회

(1) 개요

① 대회명: 이동규 교수 테미 30주년 기념대회
② 주최: 충남대학교 교수테니스연합회
③ 일시: 2003년 8월 23일 10:00~

(2) 초대장

초대합니다.

아래와 같이 충남대교수테니스연합회 주최로 이동규 교수 테미 30주년 기념 테니스대회를 개최합니다. 많이 참여하시어 오늘 하루 즐기시고 아울러 대회를 축하해주시기 바랍니다.

(3) 진행

▌대회 개요

1. 대회일 및 장소: 2003. 8. 23⒯ 10:00~, 충남대 테니스 코트
2. 대회명: 이동규교수테미30주년기념대회
3. 주최: 충남대학교 교수테니스연합회
4. 후원: 경상대학, 회계연구소, 대운식품, 노파클럽, 무등테니스클럽
5. 초청 클럽: 충남대 단과대학 교수테니스회 및 직원테니스회, 베테랑테니스회
6. 경기방법: 관례에 따름(팀당 5복 출전)
7. 상품: 우승 30만 원, 준우승 20만 원, 공동 3위 10만 원 상당의 상품

8. 행운권 추첨: 30만 원 상당의 행운권 수여

9. 증정: 기념타월 및 중식

10. 참가비 없음

▌진행 순서

1. 개회사: 연합회 총무 윤순길

2. 대회사: 연합회 회장 홍성표

3. 인사: 이동규 교수

4. 행운권 추첨

5. 진행 안내: 총무 윤순길

(4) 인사말 및 자축시

▌테미 30주년 인사말

저의 테미 30주년을 축하하기 위해

오늘 공사다망해도 이렇게 모였습니다

타는 듯한 불볕 더위와

살을 에는 듯한 눈보라 속에서도

주저 없이 코트를 누빈

그 광신이 있었기에

예탈이든 본선이든 그것이 대수랴.
승패를 넘어선 우리들은
이렇게 한자리에 모였습니다.

아! 그러나 돌이켜보면
저의 테니스를 미치게 좋아하는 마음도 때때로
쏟아지는 비 앞에선 무력해져
쏙치는 날도 있었지만
테미는 저의 생활이었습니다.
스트레스는 스매싱으로 날려버리며
땀방울 속에서 건강한 삶을 일구는
미소 가득한 행복이었습니다.

삼십 년간 함께해온 테니스 사랑
테미는 진정한 제 모습입니다.
테미교 여러분을 진정으로 사랑합니다.
테미교는 앞으로도 영원할 것입니다.

▌테미 30주년 자축시

이 좋은 날
그댈 사랑하는
광신의 숨결들이 팔팔 뛰는

[court]장은
삶의 충만입니다

그대가 있어
마냥 즐겁고 행복한
우리 광신들의 모임은
일일이 열거하지 않아도
삶의 참재밉니다

매일
땀이 범벅이 되고
얼굴이 까맣게 타고
혈관이 파랗게 치솟도록
필생 연승을 열망하지만
실상 테니스의 참의미는
1등도, 5등도 아닌
그대를 향한
무조건적인 사랑
그것뿐이랍니다

때때로
내 중독을 질투한
눈비에

空치기도 하지만
서로가 한 몸이기에
무엇도 우리를 갈라놓을 순 없습니다
그댈 만난 이후
단 한 번도
그냥 지나친 적이 없었던
테미 삼십 년
……
그대는
진정
나의 영원한 연인입니다.

▎축시: 염천(炎天)의 테니스

찜통 열대야에
잠 못 이루고. 꼬박
뜬눈으로 밤을 지새도
염천炎天의
코트장 시계는
어김없이 돌아간다.

가장무도회도 아닐 텐데
선크림에 덧칠한 희꺼먼 얼굴

서로 당신이 더 까맣다고
시커멓게 웃어보지만
덕지덕지 덮어씌워도
더 찬란하게 까매지는 얼굴

네트를 가르며 공이 오갈수록
비 오듯 흐르는 땀방울로
짭짤해진 코트장에
더위를 스매싱하는
짜릿한 긴장감이여

목 타는 갈증에
샤워와 생맥주로
여름을 씻어버릴 때
더 이상의 행복이 어디 있으랴

▌테미 30주년 기념대회 사진

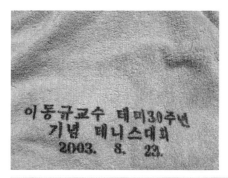

테미 30주년 기념 테니스대회

초대합니다.

　아래과 같이 충남대교수테니스연합회 주최로 이동규교수 테미 30주년 기념 테니스
대회를 개최합니다. 많이 참여하시어 오늘 하루 즐기시고 이울러 대회를 축하해 주시
기 바랍니다.

◆ 아 래 ◆

1. 대회일 및 장소 : 2003. 8, 23(토) 10:00 ~
　　　　　　　　　충남대 테니스 코트
2. 대회명 : 이동규교수테미30주년 기념대회
3. 주최 : 충남대학교 교수테니스연합회
4. 우원 : 경상대학, 외계연구소, 대운식품, 노파클럽,
　　　　무등테니스클럽 등
5. 초청 클럽 : 충남대 단과대학 교수테니스회 및
　　　　　　직원테니스회, 베테랑테니스회 등
6. 경기방법 : 관례에 따름(팀당 5복 출전)
7. 상품 : 우승 30만원, 준우승 20만원,
　　　　공동 3위 10만원 상당의 상품
8. 행운권 추첨 : 30만원 상당의 행운권
9. 증정 : 기념 타월 및 중식
10. 참가비 없음

◆ 대회 진행 ◆

1. 개회사 --- 연합회 총무 윤순길
2. 대회사 --- 연합회 회장 몽성표
3. 인사 ---- 이동규교수
4. 행운권추첨
5. 진행안내 --- 총무 윤순길

충남대학교 교수테니스연합회 회장 몽성표

◆ 이동규 교수 테미 30년력 ◆

1966년 처음 테니스 라켓을 잡다(테미에는 숙아지 못읳
1973년 농협중앙회 명주군지부(강릉) 근무 때부터 하룻
　　　두 시간 이상 테니스 시작(테미 입문)
1977년 농협중앙회 충남연수원(대전) 교수로 근무 중
　　　농협중앙회 전국대회 개인전 우승
　　　- 대전 독골테니스 클럽, 가장테니스클럽 외원
1982.3 충남대학교 교수 부임
1983년부터 전국 교수테니스대회 출전
　* 충남대 교수테니스 동오인을 테미교라 작명
1995년 전국교수테니스대회 개인전 우승(청년B조)
1996~1998 유성구테니스연합회장
1999년 충남대 교수테니스연합회장
1999년 전국교수테니스대회 영남대 개인전 3위(장년부
2000년 전국교수테니스대회 전남대 개인전 3위(장년부
2002년 전국교수테니스대회 단체전 우승(제주대)
2003년 무등테니스회회장

2) 테미 이동규 교수 회갑 기념 테니스대회

2006년 7월 25일 이동규 교수 회갑 기념 테니스대회를 열었다. 충남대 교수테니스회가 주최하고, 충남대교수테니스 회원, 충남대학교 직원테니스회 회원, 수석테니스클럽 회원, 무등테니스클럽 회원 등 60여 명이 참여했다.

▌대회 진행

1. 대회일 및 장소: 2006. 7. 25. 10:00~, 충남대 테니스 코트
2. 대회명: 이동규 교수, 한병희 교수 회갑 기념 테니스대회
3. 주최: 충남대학교 교수테니스연합회
4. 후원: 참여테니스클럽 및 교내 기관장 등
5. 초청 클럽: 충남대 교수테니스회, 충남대 직원테니스회, 무등테니스회, 수석테니스클럽
6. 경기방법: 관례에 따름(팀당 5복 출전)
7. 상품: 우승 30만 원, 준우승 20만 원, 공동 3위 10만 원 상당의 상품
8. 행운권 추첨: 30만 원 상당의 행운권 수여
9. 증정: 기념타월 및 중식
10. 참가비 없음

▌대회 순서

1. 개회사: 교수테니스연합회 회장
2. 인사: 이동규, 한병희
3. 행운권 추첨
4. 진행 안내: 교수테니스 연합회 총무

▌회갑 기념 테니스대회 사진

3) 정년 기념 테니스대회

2012년 2월 테미 이동규 정년 기념 테니스대회를 열었다. 충남대교수테니스회 회원, 충남대직원테니스회 회원 등 40여 명의 회원들이 참가했다. 중식 및 기념타월을 제공했으며 행운권 추첨이 있었다.

4) 이동규 테미 50주년 기념 산문집『네트를 넘겨라』
출판기념 및 기념 테니스대회(미정)

전국교수테니스대회

하얀 운동복에 불쑥 드러난 새까만 얼굴은
강의실과는 영 안 어울려
저 사람도 교수일까 싶지만
오히려 그게 자랑이어라
건강하게 1년을 버텼다는 것
올해도 라켓을 들었다는 것에
밝은 웃음으로 오히려 환해진 리셉션장

눈인사를 나누다가 문득
누구 안부라도 물으면
잘 아는 척 건성으로 대답도 하고
그러나 맘속으론
날씨 걱정하며 내일의 결의를 다지는

한 번이라도 패배하면
또다시 일 년을 기다려야 하기에
끝내자고 내려친 스매싱이
어이없이 아웃 되면
죄 없는 라켓만 땅바닥에 내동댕이치고
애매한 인 아웃에 열을 내다가
어 하는 사이 벼랑 끝 5 대 1이다.
죽어라 버티면서
반전의 드라마를 써야 하는

절대 걸려서는 안 되는 병이 "복병"이고
궁지에 몰릴수록 "역전"으로 가야 한다며
한바탕 웃는 그곳에는
땀이 있고, 박수가 있고
목 터져라 외치는 응원이 있어
모두가 하나 되는 전국교수테니스 대회
이곳이 바로 테미교의
부흥회장이 아니랴

테니스 자화자찬

노화라는 전리품을
한 아름 안고 다가오는 나이란 놈
주머니마다 온갖 질병들 주렁주렁 달았구나
내 몸 다 점령하려는 듯 쉼없이 진격해 오는

그렇다고 내가 그냥 당할 수만은 없지
내게는 반사율 100%인
테니스라는 게 있지
라켓의 맛을 제대로 좀 봐라

그러니 테니스는
얼마나 고마운 것인가
얼마나 대단한 것인가
얼마나 자축할 만한가

어제는 나이를 날렸다.
오늘은 노화를 날린다.
내일은 늙음을 날릴 것이다.

더불어 즐기면서
세월을 스트로크한다.
나이를 포칭한다.
질병을 스매싱한다.

테미 50주년 자축시

이 좋은 날
세월에 맞장을 뜨기 위해
방패와 칼 한 자루씩 들고
열사로 가득한 코트에서
소리 질러 선포합니다.
나이아 가라
노상병이다.

테생테사, 준생준사, 집생집사로
땀 범벅이 되고
얼굴은 까맣게 타더라도
더불어 함께하는 즐거움이 있어 행복합니다.

테니스의 참재미는
예탈도, 본탈도 뛰어넘은
테니스를 향한
무조건적인 사랑입니다.
테멍입니다.

테니스를 만나,
좋아하다가,
몹시 좋아하다가
미치도록 좋아했을 뿐인데

이렇게 벌써 오십 년이 되었다니

......

그대는

진정한 나의 연인입니다.

영원한 삶의 동반자입니다.

테니스가 있어

이렇게 매일이 행복과 즐거움으로 가득하다는 것을

이렇게 테미로 살 수 있도록

함께해준 모든 이를 사랑합니다.

THIRTY

족보 등록
그리고
금배부 등극

우승의 공식: 에러포인트 < 위닝포인트, 1 < 파트너십

우승해본 자만이 우승의 맛을 안다.

우승은 기본이 잘되어 있고, 팀워크가 좋으며, 운이 따를 때 주어지는 선물이다.

우승은 계속해서 넘기기, 끝까지 버티기를 실천하는 사람에게 주어진다.

우승은 게임을 포기하지 않는 자에게 주어지는 기념품이다.

성공에서도 배우지만 실패에서 배워야 진짜 실력이 된다.

대회 경험을 많이 쌓을수록 순발력, 민첩성, 경기력이 증강된다.

공 끝을 끝까지 보아야 한다.

상대를 절대 얕잡아보지 말아라. 무시하면 무시당한다. 나사 풀리면, 긴장 풀리면 바로 무너져버린다.

무릎을 구부리고 힘을 빼라. 자세가 낮을수록, 힘을 뺄수록 에러는 줄어든다.

뛰어라, 민첩한 풋 워크(foot walk)가 테니스의 생명이다. 결국은 민첩하게 움직여서 타이밍(timing)을 맞춰 칠 수 있어야 포인트를 딴다. 행운의 여신은 잘 뛰는 발을 좋아한다.

파트너십(partnership)이 좋아야 한다. 두 사람이 한 팀이 되어 파이팅(fighting), 땡큐(thank you), 네버 마인드(never mind), 쏘리(sorry)를 외치며 열심히 뛸 때, 파트너십은 완성된다.

이기면 파트너 덕 지면 내 탓이라는 이파지내 정신이 중요하다.

파트너십에서는 작테이테(작전이 있으면 이기는 테니스), 무작지테(작전이 없으면 지는 테니스)다.

상대를 알아야 이긴다. 상대를 알아야 지지 않는다. 상대를 분석하는 것은 이기기 위한 전제조건이다. 『손자병법』에서도 지피지기 백전백승 지피지기 백전불태라고 하지 않았는가!

교수테니스대회 족보는 등록해야지

1) 족보 등록까지 마치다

1984년부터 전국교수테니스대회에 참가하면서 나의 목표는 분명했다. 교수테니스대회 족보에 올라가는 것이었다. 족보에 등재된다는 것은 대회 3위 이내의 입상자가 되어 전국교수테니스대회 요강에 역대 입상자 명단으로 실린다는 것을 뜻한다. 교수테니스 사회에서는 이렇게 족보에 오른다는 것은 금배부에 승급되는 일이나 마찬가지다.

나는 1973년부터 테미가 되어 소위 전문가가 되기 위한 **1만 시간 과정**(하루 2시간씩 연간 600시간을 치는 경우 17년은 쳐야 도달할 수 있는 시간임)을 이수했고, 그동안 농협중앙회 내에서의 개인전 우승, 클럽 월례대회에서의 우승을 한 경험이 있어 무난히 족보에 등록될 것이라고 기대했지만 쉽지 않았다. 3위 이내에 들기 위해서는 무엇보다도 먼저 교내에서 개인전 파트너를 구해야 했다. 테니스 붐이 일어나 많은 교수가 테니스장을 나오고는 있었지만 대부분이 이제 막 테니스를 시작한 '테른이'들뿐이었다. 드디어 파트너가 정해져서 청년부에 도전했으나 맥없이 무너져 버렸다. 경기력 미흡이었다. 250여 팀 중에서 우승하려면 여덟 번을 이겨야 하는데 중반에 탈락한 것이다. 그러다가 1995년도에 가서야 청년부에서 우승했다. 드디어 족보에 올라간 것이다. 그 이후 1999년 장년부 3위, 2000년 장년부 3위, 2006년도 장년부 우승, 2007년도 노년부 우승, 2011년도 노년부 준우승, 2016(45회), 2017(46회), 2018(47회)년 시니어부 3연패 달성, 2019년도 시니어부 3위 등 지금까지 우승 6회, 2, 3위 4회 등을 거둬서 총 10회에 걸쳐 족보에 올랐다. 또한 대학 단체전에 항상 청·장년부 대표 선수로 출전하여 수차례 우승했다.

2) 전국교수테니스대회 3연승을 하다

당초 목표였던 족보 등록에 그치지 않고 2016년도 제45회(경북대학교), 2017년도 제46회(강원대학교), 2018년도 제47회(서울시립대학교) 대회 등 시니어부에서 3연패를 달성했다. 전혀 예상치 못했으나 결과적으로 전국교수테니스대회 사상 전무후무한 기록을 세운 것이다.

덤으로 전국과학기술인테니스대회 3연승을 했다.

전국과학기술인테니스대회에서 2014, 2015, 2016년 내리 3년간 우승했다. 역대의 대회에서 3연승의 기록은 현재 나 외에는 1인뿐이라 두 사람만 가지고 있다.

3) 연승은 운발이 좋아서인가?

전국 교수테니스대회 2016(45회), 2017(46회), 2018(47회)년 시니어부 3연패 달성은 운발이 좋아서인가? 그런데 운발이 3년간 내리 좋기는 어렵다는 점에서 연승의 이유를 운 때문이라고 하는 것은 올바른 해석이라고 보기 어렵다. 내 스스로 평가할 때 이 3연승은 그간 1만 시간 이상의 꾸연노로 다져진 테니스 실력, 파트너와의 시너지 효과를 낸 파트너십, 그리고 알게 모르게 따라다니는 행운의 여신 등 세 가지 요인으로 이루어진 것이라고 본다. 즉, 위 세 요인 중 어느 한 가지만으로 얻어진 것은 아니다. 운만으로 연승이 이루어지기는 어렵다.

2

전국 시니어대회에서도 금배부는 되어야지

1) 금배부 되는 것은 하늘의 별 따기?

교수직에서 정년퇴직 한 뒤 목표는 전국시니어대회에서 금배부가
되는 것이었다. 전국시니어테니스 대회에서는 참가신청자가 과거에 직
장 내에서 금배부였다는 것, 여성의 경우 국화부까지 진출했다는 것 등
은 전혀 고려대상이 아니었다. 금배부가 아닌 모든 참가자는 그냥 은배
부로 구분되었다.

그러니 금배부 진입이 쉽지 않았다. 왜냐하면 ① 금배부가 되려면
전국대회 은배부에서 결승전에 진출하여 우승해야 하는데 ② 파트너로
누구를 만날지 알 수 없는 상황이고 ③ 수차례의 경기를 치르면서 체력
이 바닥 난 가운데 결승전에서 이겨야 하기 때문이다. 은배부에서 두 번
은 우승해야 금배부로 올라가는 시스템이어서 결코 쉬운 일이 아니었

다. 만약 만난 파트너가 이제 막 테니스를 시작한 사람인 경우, 바로 예
선탈락이다.

2) 몇 차례의 허무한 예탈(예선 탈락), 그리고 본탈(본선 탈락)을 했지만 끝내 금배부로 등극했다: 도금한 금배부인가, 진짜 금배부인가?

나는 분명히 교수테니스 사회에서는 확실한 금배부로 인정받았으
나 전국시니어테니스 대회에서는 그냥 은배부 참가자일 뿐이었다. 전주
에서 개최한 전국대회에 은배부로 처음 출전했다. 이때 만난 파트너는
이미 여러 차례 은배부로 출전한 경험이 있는 은배부의 베테랑이었다.
그러니 처음 출전한 나를 보고 매우 실망하는 것 같았다. '오늘 재수가
옴 붙어서 형편없는 파트너를 만났다'고 생각하는 기색이 바로 보였다.
그렇지만 실제 경기를 해보니 에러는 파트너가 다 했다. 테니스는 한두
게임 해보면 두 사람 중 누가 약자인지 바로 알아보게 되고 그 사람에게
집중적으로 공격하게 되어있다. 그러다 보니 파트너가 실점을 많이 하
게 됐고, 결국 본선 2차전에서 탈락하고 말았다. 이렇게 몇 번을 탈락하
다가 드디어 우승했다. 그런데 한 번의 우승으로는 금배부가 되지 못한
다. 소위 도금 금배부인 것이다.

이처럼 은배부에서 한 번 우승했다고 해도 그것이 자력 우승(자기 실
력이 좋아서 우승)인지 타력 우승(파트너 덕에 우승)인지가 불명확하며, 또 대회

자체가 1세트로 결말이 나므로 실력을 제대로 평가하기도 어렵다는 한계가 있기 때문에 한 번 우승했다고 하여 금배부로 바로 승격시키지 않는다. 그래서 한 번 우승한 사람은 완전한 금배부가 아니라 도금 수준 금배부라고 농담을 하기도 한다. 금배부로 올라가기도 어렵지만 금배부이던 사람이 다시 은배부로 내려가기는 더 어렵다. 은배부로 내려가게 되면 우승에 눈이 멀었느냐며 은배부에서 받아주지 않기 때문이다.

나는 어떻든 두 차례 우승을 거쳐 금배부로 올라갔다. 그리고 만 65세가 되던 2012년에는 양재코트에서 열린 65세 부문 왕중왕전에서 우승하면서 영원한(?) 금배부가 되었다.

3) 드디어 은배부에서 우승하다

○ 운이 좋아 금배부가 되기는 어렵다. 또 운이 나빠서 졌다는 것은 핑계이며 실력 없음을 말하는 것일 뿐이다.
○ 우승은 에러포인트 < 위닝포인트가 되어야 한다. 이렇게 되려면 첫 번째는 꾸연노를 통한 내 실력을 탑재하고, 순간 의사결정력, 순발력, 민첩성을 갖추고, 두 번째는 파트너십이 좋으며, 세 번째로 여기에 운이 따라야 한다.

시니어 전국대회 은배부에서 우승하려면 첫째는 자신의 테니스 실력이 충분할 것, 둘째는 좋은 파트너를 만나 두 사람이 한 팀으로 시너지 효과를 낼 것, 셋째는 우승을 가져올 수 있는 여러 다른 운도 함께 따라줄 것 등의 조건이 다 갖춰져야 한다. 그래서 우승은 하늘이 내린다고 말한다. 특히 ① 좋은 파트너를 만날 운, ② 비교적 상대하기 쉬운 팀을 만나는 대진운, ③ 당일의 공운 등은 행운에 속하며 이것이 우승에 있어 매우 중요한 요인이 된다. 여기에서 좋은 파트너를 만날 운이란 추첨 결과 결정된 파트너가 실력도 좋고, 파이팅도 좋아 팀워크를 최대한 살리는 사람을 만나는 운이다. 그리고 대진운이란 결승까지 가는 과정에서 우승 후보가 되는 강팀 또는 다크호스(dark horse) 팀을 만나지 않고 순탄하게 올라가는 운이다. 결승으로 가는 과정에서 강팀을 만나 고전하는 경우, 체력이 많이 소모되기 때문에 우승하는 데 어려움을 주게 된다. 끝으로 당일의 공운이란 상대가 제대로 넘긴 로빙 볼은 아웃이 되고, 우리 팀에서 친 공은 아웃처럼 보이지만 실제는 라인에 걸친다든지, 어렵게 받아친 공이 상대로서는 받을 수 없는 곳으로 넘어간다든지, 서브나 스트로크 스매싱, 발리 등이 의도한 대로 잘 들어가는 등의 운이다. 그런데 파트너 운, 대진운, 공운 등은 모두 운수소관이다. 즉, 내 의지로 어떻게 할 수 있는 부분이 아니다. 그렇지만 파트너와 한 팀이 되어 시너지 효과를 내는 것은 팀이 해볼 수 있는 영역이다.

은배부에서 우승하려면 첫째, 자신의 테니스 실력이 금배부 수준일 것, 둘째, 좋은 파트너를 만나고 두 사람이 한 팀으로 시너지 효과를 낼 것, 셋째, 운이 따를 것 등의 조건이 충족되어야 한다. 즉, 우승은 사람(나 자신과 파트너)과 운 두 요소가 물리적·화학적으로 결합될 때 주어지는 신물이다.

4) 우승의 바탕은?

(1) 테니스 기본을 갖춰야

나는 1973년 강릉테니스클럽을 시작으로 하여 충남대교수테니스클럽, 농협대클럽, 독골클럽, 가장클럽, 내동클럽, 무등클럽, 유성클럽, 한밭시니어클럽 등에서 테니스를 치면서 많은 경력을 쌓았다. 수많은 월례대회, 클럽대표선수, 구대표선수, 학교대표선수를 거치면서 많은 경험을 쌓았다. 즉, 전국시니어가 대회에 출전 가능한 60세가 되기까지 이미 1만 시간 이상을 테니스에 투자했고, 테미로 생활한 지도 39년이나 되었으니 일단 기본은 충분히 갖춘 상태였다. 또한, 전국교수테니스대회 우승은 물론 여러 지역 대회에 출전하여 수차례 우승을 한 바 있었으니 구력(球歷)도 어느 정도 확보되었기 때문에 남은 하나의 문제, 즉 좋은 파트너만 만난다면 우승할 수 있는 조건을 갖춘 상태였다.

(2) 좋은 파트너를 만나 파트너십을 발휘해야

- 로또는 사야 당첨된다. 마찬가지로 금배부가 되려면 전국대회에 자주 나가야 한다. 그래야 좋은 파트너를 만날 수 있다.
- 파트너와의 컬래버레이션(collaboration)으로 만들어진 팀워크는 시너지 효과, 신바람 효과로 이어지면서 우승을 선물한다.

- **파트너와는 작생이테**(작전이 있어야 이긴다), **무작지테**(작전이 없으면 진다), **지피지기 백전백승**(상대를 알면 이긴다), **지피지기 백전불패**(상대를 알면 지지 않는다)**다.**
- **이파지내**(이기면 파트너 덕 지면 내 탓) **철학은 파트너십의 기본이다.**

아마추어 시니어 전국대회의 파트너는 당일 참가한 사람을 대상으로 하여 추첨에 의해 정해진다. 나는 어지간한 수준의 파트너만 만난다면 우승할 수 있는 조건을 갖춘 상태였지만 파트너 결정은 그날의 운에 따라야 했다. 몇 번은 예탈(예선에서 탈락), 본탈(본선에서 탈락)을 겪었으나 자주 참여하다 보니 드디어 좋은 파트너를 만났고, 파트너십을 발휘하여 우승했다. 이렇게 두 차례 우승을 하면서 금배부로 올라섰다.

파트너십이란 두 사람이 컬래버레이션을 하는 것이다. 컬래버레이션이란 '지적인 노력을 위해 협력해서 일하다'라는 의미이다. 따라서 컬래버레이션 테니스란 서로 다른 실력을 가진 두 사람이 각자의 테니스 기량을 유기적으로 결합해 시너지 효과를 내는 테니스를 말한다. 컬래버레이션 테니스를 하게 되면 단순히 서로 간의 기량을 합친 것이 아니라 두 사람의 기량을 훨씬 뛰어넘는 시너지 효과를 발휘하는 강한 협력·합동 관계가 된다. 나의 우승은 대부분 파트너와의 신바람 나는 테니스를 통해 이루어졌다.

(3) 많은 대회 경험을 통해 의사결정능력, 순발력과 민첩성, 위기관리능력 등을 키워야

　◦ 금배부가 되려면 대회 참여를 통해 다양한 사람들과의 경기를 함으로써 다양한 구질의 테니스, 다양한 전략의 테니스를 경험하면서 이에 대응할 수 있는 경기력을 갖춰야 한다.
　◦ 경기에서 이기면서 테니스의 재미, 즉 자발적 즐거움을 얻었다. 경기에서 지더라도 실패에서 배우는 것이다.

① 순발력, 민첩성, 위기관리능력을 키웠다

레슨에서는 코치가 건네주는 볼을 가르쳐준 대로 받아치기만 하면 된다. 이는 기본을 익히는 방법일 뿐이다. 실제 경기에 들어가면 상황은 전혀 달라진다. 상대방은 내가 원하는 볼, 내가 칠 수 있는 볼을 주지 않는다. 또 테니스공은 둥글둥글하기 때문에 내 의지와는 관계없이 어디로 튈지 알 수 없다. 그리고 상대편에서는 어떻게든 어려운 구질의 볼을 넘겨준다. 우리 팀이 제대로 치지 못하게 하거나 찬스 볼이 오도록 유도하는 것이다.

테니스는 움직이는 볼을 움직이면서 치는 것이기 때문에 어떤 볼이 오더라도 순간적으로 민첩하게 뛰어가 밸런스를 유지하고 볼을 쳐야 한다. 소위 민첩성과 순간대응능력이 필수이다. 드롭 샷을 할 것인가 로빙을 할 것인가 패싱을 할 것인가 등의 순간의사결정능력이나 몸 가까이 오는 빠른 볼에 대한 순간대응능력 등을 개발하려면 게임을 많이 해보는 수밖에 없다. 이것은 일종의 **계약주도** 접근법을 이용한 훈련이다. 계약주도 접근법이란 꾸연노, 즉 같은 동작을 꾸준히 연습하여 익히는 방식이 아니라 시시때때로 바뀌는 계약상황에 대해 능동적으로 대처하는 감각능력을 키우는 방법이다. 테니스 경기는 어디로 튈지 알 수 없는 테니스공 하나를 가지고, 두 사람씩 총 네 사람이 각자 공격과 수비를 하는 복잡한 상황에서 이루어진다. 공을 누가 어디로 칠지 정해져 있지 않다. 시시각각으로 달라지기 때문에 아무리 테니스 기본 기술을 탑재했다고 해도 이를 실제 경기에 적용하려면 순발력이 있어야 가능하다. 즉, 테니스는 순간순간의 볼에 대해 어떻게 해야 할지를 머리에서 판단하기 전에 먼저 몸이 반응해줘야 한다. 즉, **순발력, 순간반응력, 순간판단능력, 임기응변력, 융통성**이 필요하다. 순발력(순간대응력)은 인간이 **자기보호 본능**, **자기생존 본능**이 있기 때문에 몸속에 내장되어 있다. 문제는 이 능력을 어떻게 테니스 치는 순간 밖으로 끄집어낼 것인가다. 이 능력을 개발하려면 실제로 경기를 수차례 해봄으로써 익히는 수밖에 없다. 다양한 볼에 대처하다 보면 나중에는 **몸이 알아서 반응하게 되고 그 능력은 마치 타고난 재능처럼 발현된다.**

테니스 시합에서 파워테니스(power tennis)를 하여 원투 펀치(one two puinch)로 위너포인트(winner point)를 더 많이 낸다면 얼마나 좋겠는가! 그렇지만 아마추어에게는 이런 파워 테니스는 적절하지 않다. 오히려 에러를 얼마나 줄이느냐가 더 중요하다. 에러는 순발력이 미흡할 때, 기본이 약할 때, 발이 따르지 못해 몸의 밸런스가 무너졌을 때 주로 발생한다. 에러가 많이 나올 때 사람들은 "**오늘은 이상하게 공이 안 된다**"고 말하지만 사실은 기본자세와 순발력에 문제가 있어서 발생한 것이다.

금배부까지 진입하려면 생각지 못한 곳으로 넘어온 볼을 얼마나 빨리 달려가서 받아낼 수 있느냐, 상대의 독특한 구질을 어떻게 소화해 내면서 공격으로 전환시킬 수 있느냐, 찬스 볼이 왔을 때 바로 끝낼 수 있느냐, 상대방이 리시브한 볼을 포칭할 수 있느냐, 얼마나 실수 없이 계속해서 넘길 수 있느냐 등이 중요하다.

② 경기력을 길렀다

실제 테니스 경기를 하면서 몸에 새겨진 경기력은 우승에 절대적으로 필요한 사항이다. 경기력은 이길 때도 올라가지만 지는 경우에도 올라간다. 실패, 실수에서 배울 때 진짜 자기 실력으로 되는 것이다. 경험치가 많아질수록 어디로 언제 뛰어가야 할 것인가, 그리고 어떻게 칠 것인가, 누구에게 넘길 것인가 등 순간 의사결정과 행동이 자연스럽게 이루어진다. 전국대회 참가하는 것은 사실상 금배부 진입을 위한 순발력과 경기력을 훈련하는 과정이라고 볼 수 있다. 테니스 레슨을 받는 경우, 레슨료를 지급하듯이 전국대회 참여는 금배부로 승급하기 위해 당연히 거쳐야 하는 과정이며 수업료였다. 이겨본 사람이 이길 수 있다고 하듯, 한 번이라도 이겨내야 다음에도 이길 수 있다.

(4) 운이 따랐다

◦ *철저하게 준비하고 최선을 다하되 운도 따라야 우승한다.*

어떤 사람이 스코틀랜드 여행을 하면서 일기가 너무 안 좋아 관광

하기 안 좋다고 불평하자 여행 가이드가 "날씨가 무슨 잘못이 있겠습니까? 준비를 게을리하는 사람이 문제가 있지요"란다. 날씨는 사람이 통제할 수 없는 대상이다. 이것을 핑계로 불평해봐야 얻을 수 있는 것은 아무것도 없다는 이야기다. 운은 내가 손댈 수 없는 하늘의 일이다. 운은 좋을 수도 있지만 나쁠 수도 있다. 운이 좋다고 마냥 좋아할 것은 없다. 운 나쁘다고 포기하며 실망할 것도 없다. 운이란 그 반대의 경우도 항상 있기 때문에 운은 공평하다고 생각하라. 소위 데드 네트 코드(dead net cord)처럼 네트를 맞고 뚝 떨어져서 포인트를 잃은 것 하나 때문에 내 실력이나 팀의 분위기가 위축된다면 그것이 문제가 된다. 마지막에 웃으려면 불운에서 핑계를 찾기보다는 경기력으로 이를 이겨내야 하는 것이다. 사람이 할 수 있는 일이란 그냥 자신과 파트너를 믿고 최선을 다하는 것이다. 운은 하늘에서 내리는 것이 아니라 최선을 다하는 나의 발에 내려온다고 생각하는 것이다.

3

금배부 입문의 바탕들

은배부에서 우승하면서 다음과 같은 몇 가지 우승 핵심 요소를 알고 준비하는 것이 필요하다는 결론에 이르렀다.

1) 강인한 체력이 있어야 한다

아무리 기본이 잘되어 있고, 순발력, 경기력이 갖춰져 있으며 파트너십에서 우위를 보였다고 해도 체력과 멘탈에서 무너지면 우승하기 어렵다. 나의 경우, 매일 새벽 4시 반이면 일어나 아침 걷기와 근력 운동을 한다. 그리고 하루 최소 걷기 1만 5천 보를 달성한다. 연습경기라고 해도 최소 3세트 이상을 한다. 이렇게 하여 항상 기본 체력을 유지해야 하루 여덟 번이나 이겨야 하는 경기에서도 결승전을 무리 없이 치를 수 있는 체력을 갖추게 된다. 체력이 떨어지면 민첩하게 뛸 수도 없고, 서브, 발리나 스매싱, 스트로크 등 어떤 테니스 테크닉도 제대로 발휘되지 못한다.

2) 멘탈이 강해야 한다

∘ 이긴다는 마인드, 버텨낸다는 마인드로 임하라.

2023년 롤랑 가로스에서 보면 본선까지 올라간 선수가 허무하게 져버리는 경우가 생긴다. 가장 많이 발생하는 이유는 부상이다. 2023년 프랑스 롤랑 가로스에서 세계 1위로 조코비치와 좋은 경기를 보일 것으로 기대했던 알카로스는 3세트에 들어가면서 근육경련이 생기면서 포기하여 무너졌다. 그다음 패인으로 등장하는 것이 바로 선수의 멘탈이다. 극도의 긴박감, 긴장감으로 인해 더블 폴트(double fault)를 범하면서 자멸해버리는 경우가 생긴다. 2023년 프랑스 롤랑 가로스 여자단식 결승전에서 이가 시비옹테크는 카롤리나 무호바(체코 · 43위)를 2대1(6대2, 5대7, 6대4)로 꺾고 2연패를 달성했다. 결승전 경기는 대등했고 마지막까지 우승의 향방을 알 수 없게 진행되었다. 5대4로 뒤지던 무호바 선수는 자신의 서브게임에서 게임을 따서 5대5로 갈 수 있었지만 매치포인트(match point)가 되면서 극도의 긴박감에 그만 더블 폴트로 자멸하고 말았다. 멘탈에서 져버린 셈이다.

세계적인 선수들의 군웅할거(群雄割據) 장인 그랜드슬램 대회임에도 불구하고 퍼스트 서브 확률은 50~60%로 저조하다. 수만 번이나 연습한 서비스지만 퍼스트 성공확률이 낮은 이유는 정신적인 것에서 연유한다고 볼 수 있다. 이런 극한 상황에서는 마음먹은 대로 서브를 성공시키지 못하는 것이다. 테니스란 라켓을 휘둘러야 하는 그 순간 아무도 도와줄 수 없는, 매우 고독한 자기만의 운동이므로 자신이 이겨내야 하는 상황이 분명하다. 계속 마음속으로 '오늘 감이 좋아', '잘될 거야', '충분히 이길 수 있어'라고 주문을 걸어야 한다. 멘탈이라는 요인이 작용하기 때문에 테니스는 끝나야 끝난 것이다. 라켓을 놓는 순간까지는 역전이 있을 수 있다. 멘탈에서 무너지면 그 게임은 모래성처럼 허물어져버린다. 흑인으로서 세계 최초로 메이저대회를 석권한 미국 테니스 선수 아서 애쉬는 "성공의 열쇠는 자신감이다. 그리고 자신감은 철저한 준비에서 나온다(One important key to success is self-confidence. An important key to self-confidence is preparation)", "당신이 지금 있는 곳부터 시작하라. 당신이 가지고 있는 것을 활용해라. 당신이 할 수 있는 것부터 하라(Start what you are, Use what you have, Do what you can)"라는 명언을 남겼다.

3) 준생준사다

테니스는 "어떤 일이든지 철저히 준비해야 실패를 막을 수 있다"는 것을 분명히 알려준다. 준비의 실패는 실패를 준비하는 것이다. 미래의 불확실한 삶에 대해 준비나 대비하지 않고 바람 부는 대로 비 오는 대로 맡긴다면 어떻게 되겠는가? 내게 닥쳐오는 일을 모두 운수소관으로만 돌린다면 내 존재가치는 없는 것이다. 미래가 아무리 불투명하다고 해도 사람은 계획과 노력 그리고 꾸준한 연습을 통해 불확실한 미래를 어느 정도 보이는 미래로 만들어야 성공할 수 있다. 사람에게 있어 미래란 대비하고 준비하라고 있는 것이지 그냥 당하라고 있는 것은 아니라는 것이다. 그래서 테니스 경기에서 이기기 위한 가장 중요한 원칙 중 하나가 바로 준생준사 원칙이다. 준비를 제대로 해야 테니스를 치면서 다치지도 않고 또 경기에서도 이길 수 있다는 원칙이다.

(1) 경기 전 준비: 몸을 잘 풀어라

경기에 들어가기 직전에 준비운동을 통해 몸에도 경기가 곧 시작됨을 통보하는 것이 필요하다.

① 경기장에 들어서기 직전에 충분히 스트레칭도 하고 라켓도 휘둘러보면서 자신의 몸에게 지금 테니스를 할 것이니 준비하라는 일종의 메시지를 주는 것이 필요하다.

② 실제 경기를 치르게 되는 경기장에 들어가서는 최대한 스트로크, 서브, 스매싱, 발리 등을 해보면서 컨디션을 조절하여 경기력을 최대한 끌어올리도록 해야 한다.

(2) 경기 중 준비: 집생집사(집중해야 이긴다)로 끝까지 몰입해야

경기 중 준비란 상대방이 치는 볼을 뚫어져라 바라보면서, 라켓을 허리 높이에서 두 손으로 붙들며 무릎을 굽혀 몸을 낮추고 힘을 빼고 대기하는 것이다. 이런 자세에서는 어떤 볼이 오더라도 즉각 받아칠 수 있다. **실력의 차이는 실수의 차이이며 이는 대응력의 차이다.** 상대의 공을 받아칠 때는 가급적 상대방의 발밑으로 치는 것이 정석이다. 충분한 경기 연습으로 몸 기억이 잘되어 있다면 갑자기 내게 온 볼이라 할지라도 순발력으로 대응한 볼은 상대의 빈 곳이나 발밑을 향해 자동으로 가게 된다. 테니스는 자기에게 오는 **쉬운 볼을 잘 치는 사람이 테니스를 잘 치는 사람, 실력이 있는 사람이다.**

수비할 때 볼이 오른쪽으로 오느냐, 왼쪽으로 오느냐에 따라 두 발의 모양을 제대로 잡아야 한다. 백핸드 스트로크나 발리를 할 때는 백그립을 잡고 동시에 오른쪽 발이 앞으로 나가야 한다. 포핸드로 쳐야 하는 경우에는 이와 반대로 포핸드 그립으로 바꾸면서 왼쪽 발이 앞으로 나감과 동시에 스윙이 이루어질 때 제대로 공을 칠 수 있다. 이와 같은 자세로 전환하지 못하고 두 발이 네트와 평행으로 있는 상태로 치게 되면 의도한 방향으로 볼이 가지 않고 멀리 코트 밖으로 나가버린다.

또 볼을 뚫어지게 봄으로써 볼에 대한 예측이 제대로 이루어질 때, 올바른 스텝 → 밸런스 및 기본자세 → 스트로크나 발리, 스매싱 등이 이루어진다. 이렇게 될 때 테니스 볼의 방향과 치는 방법 및 속도를 의도한 대로 보낼 수 있다. 테니스 득점은 볼, 라켓, 발이 삼위일체가 되면서 제대로 된 방향과 속도로 넘겼을 때 얻어진다. 그래서 테니스는 라켓으로만 치는 것이 아니라 눈과 발로 치는 것이라고 말하지 않는가! 제때에 제대로 몸이 반응하지 못한다면 제대로 된 방향과 속도로 공을 칠 수 없기 때문이다. 당동당에 당동이요 부동당 부동이라는 말이 있다. 즉 움직여야 할 때 움직이고 움직이지 않아도 될 때는 움직이지 않는 것이다. 게임 포인트가 결정이 나버린 다음에 코트 밖에 있는 볼을 줍기 위해 뛰어갈 필요는 없는 것이다. 이렇게 움직이지 않아야 하는데 움직이거나 내 볼이 아닌데도 치려고 뛰어가는 경우 실수의 확률이 커지고, 체력은 떨어지며 부상 확률도 높아진다. 이를 소위 오버 무빙(over moving)이라 한다. 손흥민 선수는 해리 케인의 패스를 받아서 골을 넣은 경우가 많다. 이때 보면 손흥민은 앞만 보고 오프사이드가 안 되는 그 순간에 골문 쪽으로 파고 들고 해리 케인은 손흥민이 뛰어올 방향과 속도에 맞춰서 패스해주며 골이 만들어진다. 나달, 페더로, 조코비치 등 세계적 테니스 선수들은 상대방이 볼을 아무리 구석구석으로 찌르더라도 거뜬하게 받아낸다. 그 비법은 상대방의 태도에서 그 볼이 어디로 올 것인지, 어떤 볼인지를 예상하여 그곳으로 미리 몸을 움직이며 몸의 밸런스를 유지하기 때문이다.

집생집사(집중해야 이긴다)란 **나온또온계온**의 다른 표현이다. 즉, 상대방이 넘긴 공이 "나에게 온다, 내가 받아 넘겨도 또다시 나에게 온다.

계속 다시 나에게 온다"라고 생각하고 끝까지 몰입하고 대비하여 대처하는 것이다. 대비하지 못하면 반응을 제대로 할 수 없다. 라켓과 볼이 만나는 순간은 0.005초라고 한다. 0.001초라도 틀려버리면 그 볼은 엉뚱한 곳으로 가버린다.

4) 힘 빼, 즉 힘을 빼는 테니스를 하라

힘을 빼야 실수가 줄어든다. 연습 때는 팡팡 세게, 멋지게 파워 테니스를 하는 것을 많이 볼 수 있다. 그러나 시합에서 그렇게 하면 실수가 많아져서 경기를 놓치게 된다. 그러므로 다른 운동과 마찬가지로 테니스도 힘을 빼고 쳐야 실수가 줄어든다. 힘이 들어가게 되면 보름달, 보약(280쪽, "참가자들이 사용하는 테니스 은어들" 참고)이고 하는 쉬운 볼이 와도 코트장 밖으로 쳐내 버리거나 네트에 박아버리고 만다.

테니스는 쉬운 볼이 왔을 때 쉽게 쳐서 포인트를 따야 한다. 멋지게, 강하게 친다고 하여 두 점을 주는 것이 아니다.

찬스 볼(chance ball)이 왔는데 치려고 하는 순간 상대방 몸이 앞에 있다면 어떻게 쳐야 할 것인가? 당황하여 방향을 틀려고 하면 실수를 저지를 가능성이 커진다. 이때는 할 수 없이 상대방의 몸 쪽으로 치는 수밖에 없다. 순간적으로 결정해야 하기 때문에 우물쭈물할 수가 없다. 몸이 반응하는 대로 따르는 것이다. 이때 내가 친 볼이 상대방 몸에 맞았거나 위험하게 갔을 때는 곧바로 "미안, 쏘리"라고 말하며 인사를 하는 것이 테니스의 기본 에티켓이다.

5) 자세를 낮추며 긴장의 끈을 놓지 않아야

자세를 낮추라는 말 속에는 상대방(상대 팀 또는 파트너)을 무시하거나 얕잡아 보지 말라는 뜻도 들어있다. 그렇다고 자존심을 낮추라는 말이 아니다. 생명체가 물을 흡수하려면 자신을 낮춰야 한다. 그래서 나무나 풀의 뿌리는 가장 낮은 곳, 즉 흙 속에 있다. 마찬가지로 테니스도 무릎을 구부리면서 자세를 낮출 때 에러도 줄어들고 제대로 공을 칠 수 있다.

그리고 나사를 조이라는 것은 긴장을 풀어서는 안 된다는 말이다. 한번 나사가 풀려버리면 되돌리기 어렵다. 세상살이도 잘나갈 때 조심하라는 말이 있다. 테니스도 게임 스코어가 일방적이라고 해도, 상대의 테니스 폼이 엉성하다고 해서, 과거의 전적에서 우리 팀보다 조금 뒤떨어진다고 해서 상대를 얕보다가는 역전 현상이 벌어질 수 있는 것이 테니스다. 전에도 이겼으니 이번에도 이길 것이라는 선입견 등을 가진다면 마음 자세에서 이미 지는 것이다. 선입견은 편견, 참견과 함께 꼴불견, 목불인견이라는 안 좋은 견(개)류에 속한다.

FORTY

파트너십으로
신바람을 일으켜야
우승한다

1

우승은 사람 그리고 운이 좋아야 얻어진다

세상살이도 마찬가지지만 테니스에서 우승을 결정하는 것도 결국은 사람 그리고 운 두 가지 요소다. 사람에 관련되는 것은 나 자신의 실력(우승 1의 1 요인), 파트너의 실력(우승 1의 2 요인) 그리고 두 사람의 파트너십(우승 2 요인)이다. 그리고 운(우승 3 요인)에 관련되는 것은 좋은 파트너를 만나는 파트너 운, 결승전에서 만나야 할 상대를 예선에서 만나지 않는 대진운, 그리고 이상하게 공이 잘되는 운 등이다. 그런데 운은 내가 마음대로 할 수 있는 영역이 아니다. 또 파트너가 얼마나 실력이 좋은지도 내가 관여할 수 있는 부분이 아니다. 따라서 현실적으로 노력해볼 수 있는 부분은 파트너십뿐이다. 그러므로 우승은 나와 파트너가 가진 실력 그리고 파트너십이 결정적인 역할을 한다고 볼 수 있다. 이 중에서 파트너십은 경기를 좌우하는 가장 중요한 요인이 된다.

1) 만남, 소통과 공유

○ 상대방이 좋은 파트너이기를 바라기 전에 내가 상대의 좋은
   파트너가 되도록 해야 한다.

대회출전 등록을 마치고 나면 파트너 결정 절차가 진행된다. 이 과
정에서 운명적으로 만난 파트너에 대해 아무 인사도 나누지 않고 그냥
무덤덤하게 있을 것인가, 아니면 반갑게 찾아서 인사하며 잘해보자고
할 것인가? 서로 간 대화를 나누면서 각자가 잘하는 포지션, 공격력, 서
브 등에 대해 공유하는 것은 파트너십에 있어 매우 중요하다.

① 추첨 결과가 공표되면 바로 파트너를 찾아서 반갑게 인사한다.
② 각자의 장점이 무엇인가를 빨리 공유하고 그것을 최대한 살리
   려면 서로가 어떻게 해야 할 것인가를 이야기한다.
② 승리를 위해 최선을 다하자며 파이팅을 한다.
③ 파트너와는 동등한 관계이므로 서로 간에 간섭 혹은 지시하는
   느낌을 주어서는 안 된다. 파트너의 말을 경청하고 소통하는 것
   이 매우 중요하다.

2) 신뢰의 구축: 이파지내 철학의 실천

　◦ 좋은 파트너가 되려면 오픈마인드, 긍정마인드, 낙천적인 마인드, 이파지내 마인드가 있어야 한다.

팀의 목표는 두 사람이 똘똘 뭉쳐 이 경기에서 이기는 것이다. 두 사람은 승리를 위해 공생, 공존, 공영을 해야 하는 공동운명체인 것이다. 이파지내 정신, 즉 이기면, 포인트를 따면 파트너 덕이고, 패배하면, 포인트를 빼앗기면 내 탓이라는 정신으로 파트너를 대하는 것이 필요하다. 이처럼 이기적이 아니라 이타적인 생각을 바탕으로 할 때 두 사람 간 컬래버레이션이 제대로 이루어진다.

복식경기는 컬테(컬래버레이션 테니스)를 통해 신테, 즉 신바람 테니스를 해야 이길 수 있다. 복식경기에서는 부동이화(不同而和), 즉 파트너와는 테크닉, 구력, 체력, 경기력 등에서 서로 다르지만 한 팀으로 화합해야 하는 것이다. 파트너와 악연이 될지 아니면 좋은 인연이 될지는 내가 하기 나름이다.

따라서 누가 포를 볼 것인지, 로빙 볼, 센터 볼, 패싱 볼 등을 누가 어떻게 대응할 것인지에 대해 미리 협의해야 한다. 또 사이드를 바꾸는 엔드 체인지(end change)를 하면서 상대 팀의 전력을 수시로 분석하고 그것에 맞는 공격과 수비 전략을 이야기한다. 포인트를 땄을 때, 또 어려운 볼을 파트너가 잘 넘겼을 때 파트너와 파이팅을 한다면 기세는 더욱 올라갈 것이다. 따라서 경기 중 서로 칭찬도 하고, 파트너의 실수에 대해서는 "네버마인드, 괜찮아요, 아까비"라고 말하며 아쉬움 및 격려를 표현한다.

우승 여부는 파트너십에 달렸다

1) 나눔과 보탬으로

테니스는 두 사람이 공격과 수비를 다 할 수 있다. 그렇지만 내 볼은 내가 감당하고 파트너의 볼은 파트너가 감당하는 나눔과 협력이 이루어질 때 더 성과가 높다. 내가 쳐야 할 볼이라면 파트너에게 미루지 말고 무조건 내가 처리해야 한다. 파트너가 쳐야 할 볼을 내가 빼앗아서 치다가 에러를 하게 된다면 파트너의 실망은 매우 클 것이 분명하다. 물론 치다 보면 실수하거나 상대에게 찬스 볼을 줘버릴 수도 있지만 최선을 다한 것이라면 어쩔 수 없는 일이 아닌가! 그래서 센터로 오는 볼이나 패싱 볼, 로빙 볼 등에 대해 서로가 몇 가지 원칙을 공유해두는 것이 좋다. 그렇지 않으면 실점하는 것은 물론 서로 부딪쳐 부상이 생길 수도 있다. 예를 들어 파트너가 서버인 경우, 파트너는 후위에서 서브를 넣으며 네트를 향해 대시하려 하게 되고 전위는 네트 가까이 위치하여 포칭을 할 수 있도록 준비하는 자세를 취하게 된다. 이런 자세에서 전위가 담당해야 할 볼이란 ① 상대가 나의 곁으로 패싱하려는 볼, ② 내 머리를 넘겨 로빙하려는 볼, ③ 내 몸 가까이 센터 쪽으로 오는 볼 등이다.

2) 전략을 펼쳐라

"작이필승(作以必勝), 전략, 전술이 있으면 이기며, 작이불패(作以不敗), 전략, 전술이 있으면 지지 않는다. 그러나 무작이패(無作而敗), 즉 전략, 전술이 없으면 패배한다"는 말이 있다. 테니스에서의 전략이란 상대 팀과의 경기에서 이기기 위한 큰 그림이다. 그리고 전술이란 전략 실현을 위한 세부적인 행동이다.

한두 게임을 해보고 나면 상대 팀의 약점이 무엇인지, 어떤 사람에게 공격하는 것이 유리한지, 어떤 방법으로 공격하는 것이 효과적일지 등에 대해 감이 잡힌다. 엔드 체인지를 할 때 잠깐씩 이에 대해 이야기를 나누고, 파이팅을 하는 것이 좋다. 『손자병법』에서도 지피지기 백전불패라고 하지 않았는가! 상대를 잘 알아야 이기는 경기를 할 수 있는 것이다. 상대방이 특별한 기술은 없으나 또박또박 계속 받아넘기는 푸시(push) 테니스의 경우, 상대방이 하는 대로 나도 그렇게 리턴(return)만 해서는 게임을 리드하기 어렵다. 이런 때는 과감하게 경기 스타일을 바꿔줘야 한다. 즉, 상대방의 약점을 파고들면서 서브엔 발리, 그리고 스매싱 등 공격적인 플레이로 전환함으로써 상대의 리듬을 깨야 한다.

(1) 복식의 장점을 전략적으로 활용하라

일반 테니스는 복식으로 경기를 하기 때문에 여러 가지 면에서 전략을 세울 수 있다. 이러한 전략은 우승하기 위한 비법인 셈이다.

첫째, 복식게임에서는 다양한 기술을 사용할 수 있다. 즉, 서브를 넣고 바로 발리를 위해 네트 앞으로 전진할 수 있다. 왜냐하면 다른 한쪽을 파트너가 지키고 있기 때문이다. 이렇게 서브 앤드 발리로 상대방을 압박하며 앞으로 대시(dash)하다 보면 상대가 친 볼이 발리로 처리하기 좋게 오거나, 상대가 선택한 로빙 볼이 스매싱하기에 안성맞춤으로 올 수 있다.

둘째, 복식 게임에서는 파트너와 죽이 맞으면 시너지 효과를 낼 수 있다. 예를 들어 리터너(returner, 상대방이 친 볼을 받아넘기는 파트너)가 강력하게 스트로크를 해주거나 로빙을 해준다면 전위에 있는 파트너가 포칭(poaching)이나 스매싱(smashing) 혹은 발리(bally)를 통해 포인트를 딸 수 있게 된다. 포인트를 딸 때마다 파이팅을 외치며 기세를 올릴 때 우승을 향해 한 발 더 다가갈 수 있다.

(2) 팀의 약점을 보완하며 공격하라

상대 팀의 약점으로 보이는 사항은 우리 팀에게도 마찬가지로 약점이 된다. 따라서 위에서 언급한 공격 방법은 상대방도 마찬가지로 우리 팀에게 적용할 것이다. 이런 약점을 커버할 수 있는 수비가 이루어지면서 공격이 되어야 포인트를 가져올 수 있다.

① 패싱 대비하기

파트너가 서브를 넣고 이를 상대방이 받아넘길 때 포칭이나 발리를 할 수 있도록 자세를 취해야 하지만 동시에 스트레이트(straight)로 치는 패싱(passing)과 전위의 머리를 넘기는 로빙(robbing)을 막아야 한다. 포칭을 하기 위해 지나치게 네트 앞 센터 쪽으로 치우치다 보면 사이드에 공간이 생기면서 상대방이 스트레이트 패싱을 노리게 된다.

② 로빙 대비하기

전위에 있으면서 반드시 막아야 하는 상대방의 공격 중 하나가 로빙 볼이다. 이를 방어하기 위해서는 상대방 팔의 동작 그리고 공 끝을 끝까지 보면서 로빙 여부를 예측해야 한다. 만약 상대방의 로빙 볼이 너무 좋아서 내가 대처하기 어렵다고 판단되면 재빨리 현재 위치에서 반대쪽으로 움직이면서 파트너에게 로빙 볼 처리를 맡기는 것이 좋다. 그렇게 하지 않고 두 사람이 다 그 로빙 볼을 받기 위해 뛰어가다 보면 다른 한쪽은 완전히 빈 공간이 되고 두 사람이 부딪칠 위험도 생긴다. 설령 받아넘긴다고 해도 밸런스가 깨져 상대에게 찬스 볼을 주고 만다.

③ 두 사람 사이를 겨냥하고 넘어오는 센터 볼 처리하기

파트너가 서브를 넣고 네트를 향해 전진하게 되는 경우, 또 하나 빈 공간이 바로 센터 부분이다. 이렇게 전위와 파트너의 중간 부분으로 공이 넘어오는 경우, 전위가 포칭을 해버린다면 다행이지만 포칭을 놓친 경우에는 당연히 후위에 있는 서버가 센터로 오는 볼을 담당해야 한다. 파트너가 포칭하려는 제스처 때문에 못 쳤다는 것은 변명일 뿐 보탬이 되지 않는다. 리시버인 경우에도 센터로 넘어오는 볼은 전위가 포칭을 하거나 말거나 항상 리시버가 쳐내야 하는 볼로 생각하고 대비하는 것이 안전하다.

④ 내가 쳐야 할 볼인가 아닌가를 판단하기 애매한 볼에 대해 대 처하기

경기 중에는 전위가 쳐야 할 볼인가, 아니면 파트너가 쳐야 할 볼인가를 분명히 판단하여 치는 것이 중요하지만 현장에서는 이것을 판단하기 어려운 경우가 자주 발생한다. 중요한 것은 내가 쳐야 할 볼이 아닌데도 불구하고 이것을 손대게 되면 그 볼을 치기 위해 달려온 파트너와 충돌할 수도 있고, 친다고 해도 상대방에게 찬스 볼이 될 가능성이 크다. 이런 상황에서의 순간적인 판단은 경기력을 통해 각자의 몸이 결정하도록 맡기는 수밖에 없다.

⑤ 서비스를 적극 활용하기

서비스는 방향과 속도가 중요하다. 최대한 퍼스트 서브에 성공하도록 해야 한다. 서버가 더블 폴트를 하는 것은 테니스에서 최악의 죄악이다. 또 서버가 서비스를 넣을 때는 상대방이 받아치기 어렵게 T존(센터 라인 쪽)이나 W존(사이드 라인 쪽) 혹은 보디(body) 쪽(상대선수의 몸 쪽)을 잘 활용해야 한다. 전위가 포칭하기 위해서는 미리 서비스를 T, W, B 중 어디로 넣을지에 대해 사인(sign)을 정해두는 것이 좋다.

(3) 상황에 따라 고수 주도형, 동시 압박형 전략을 고려하라

① 고수 주도형 전략: 두 사람 간 실력이 조금 차이가 있는 경우에는 고수가 주도하는 방식으로 경기를 펼쳐라

복식은 두 사람이 대등한 지위에서 따로 또 같이 수비와 공격을 펼친다. 평등 관계를 무시하고 두 사람 중 한 사람이 1인 주도형으로 "나만 믿어라. 나만 따르라"면서 볼을 혼자서 다 치려 하다가는 이기기는 커녕 몸만 다칠 뿐이다. 왜냐하면 파트너가 말은 하지 않더라도 자신을 믿지 못하는 파트너에 대해 자존심이 상하고, 소외감을 느껴 사실상 사기가 떨어져버린다. 또 혼자 뛰다 보면 체력에서도 문제가 생겨 여러 게임을 계속하기는 어려워진다. 그러나 경우에 따라서는 두 사람 중 한 사람이 주도해야 승률이 높아질 수 있다.

예를 들어 75세부를 금배부, 은배부로 나눠서 우승, 준우승을 결정하는 경우, 금배부는 다시 금A, 금B, 은배부는 다시 은A, 은B 등 네 박스로 경기가 진행된다. 이렇게 하여 금A에서 1, 2위팀 금B에서 1, 2위팀이 확정되면, 다음에는 금A, 금B 각 1, 2위 네 팀을 교차 편성하여 경기를 펼침으로써 금배부 우승, 준우승 및 3위와 4위를 결정하게 된다.

이처럼 교차편성으로 인해 금A와 금B가 한 팀이 되는 경우, 금A에 해당되는 사람이 주도적으로 경기를 운영하면 더 유리할 수 있다. 즉, 두 사람이 다 실력 있는 금배부지만 그래도 금A가 금B보다는 조금 더 우승 경험이 많기 때문에 둘이 합의하여 금A 출신이 주도적으로 경기를 진행하는 것이다.

이렇게 주와 부가 결정되면서 상급자 주도형으로 전략을 수행하는 경우, 벌어지는 문제 중 하나는 상대방 리시버가 조금 약한 파트너가 손댈 만하도록 애매한 곳으로 미끼 공을 친 경우이다. 파트너가 참지 못해 건드려버리면 끝내지 못한 볼은 상대방에게 찬스 볼이 되어버린다. 또 애매한 볼을 치다 보면 밸런스가 맞지 않아 에러가 나올 수 있다. 이를 막기 위해서는 파트너로 하여금 자기 영역으로 들어오는 볼만 치도록 리드하는 것도 필요하다.

② 동시 압박형 전략: 두 사람이 거의 대등한 실력을 갖춘 경우에는 두 사람이 함께 전진 플레이를 펼치며 상대를 압박하라

두 사람이 다 훌륭한 실력자라면 두 사람이 함께 전진 플레이로 상대를 압박하는 것이 좋다. 발리나 스매싱을 했을 때, 또는 넘긴 볼이 네트 가까이에 약하게 떨어졌을 때는 가차 없이 한 발짝씩 네트 앞으로 나아가면서 맞받아치는 것이다. 이렇게 강하게 압박해주게 되면 상대방이 실수할 가능성은 커진다. 그런데 뒤로 물러나거나 로빙에 대비한다고 엉거주춤하며 어중간한 곳 소위 서비스라인과 베이스라인 중간인 사지(死地)에 있게 되면 발밑으로 떨어지는 볼을 다루기 어렵다. 그러므로 발리나 스매싱을 한 번 할 때마다 두 사람이 모두 한 발짝씩 전진하

며 다시 넘어오는 볼을 결정짓는 것이 좋다. 복식경기에서 **이기는 테니스**란 전진 **테니스**라고 하지 않는가!

3) 팀의 사기를 올려라

경중무언(競中無言: 경기 중 말하지 않기), **운중무언**(運中不言: 운동 중 말하지 않기), **시중무언**(시합 중 말하지 않기)이라고 하지만 팀 분위기를 올리려면 파트너가 잘했을 때는 최대한 사기를 올릴 수 있는 말과 행동, 파트너가 실수했을 때는 파트너의 사기가 떨어지지 않도록 격려의 말과 행동을 하는 것이 필요하다.

파트너가 더블 폴트를 한다든지, 받을 수 있는 쉬운 볼을 넘기지 못하고 에러(소위 언포스드 에러, unforced error)를 할 때도 위로하는 말을 할 필요가 있다. 말 한마디로 천 냥 빚을 갚는 격이다. 특히 파트너의 부지불식간에 터져 나오는 좋지 않은 말 한마디로 기분이 나빠져서 분위기가 썰렁해져버리면 경기 리듬은 절벽에서 떨어지듯 급락하고 만다.

(1) 파트너가 실수했을 때 오히려 격려하라

아마추어 테니스 실력은 결국 에러로 평가된다. 즉, 위너 포인트를 얼마나 많이 땄는가보다는 언포스드 에러(unforced error)를 얼마나 적게 하느냐를 실력으로 보는 것이다. 상대방이 잘 쳐서 먹게 되는 포스트 에러(forced error)는 어쩔 수 없는 것이다. 아마추어 테니스는 공을 멋있게 친다고 하여 이기는 것이 아니라 스트로크든 발리든 스매싱이든 실수하지 않고 꾸준히 넘기는 팀이 이긴다. 실력은 종이 한 장 차이다. 에러 하나가 게임을 결정한다. 파트너의 실수에 대해서 어떻게 대응해주느냐는 게임 분위기를 좌우하므로 매우 중요하다.

첫째는 위로가 필요하다. 파트너는 자신이 실수했을 때 미안하기도 하지만 파트너로부터 위로받고 싶어한다. 그렇지만 겉으로 나타내지는 못한다. 파트너가 말도 안 되는 실수를 해서 포인트를 잃었을지라도 "네버 마인드(never mind), 괜찮아요, 아까비" 하면서 격려해줌으로써 파트너의 사기를 올릴 때 팀 분위기는 좋아진다. 그런데 파트너의 실수에 대해 아무 말도 없이 그냥 지나가버리면 결과적으로 파트너에게 부담을 주는 셈이 된다. 위로가 필요한 순간을 놓쳐서는 안 된다.

둘째는 파트너의 실수에 대해 불만을 나타내는 것은 득이 될 행동이 아니다. 오히려 사기를 떨어뜨린다. 즉 한숨을 짓거나, 속으로 파트너의 실수를 나무라게 되면 분위기는 안 좋아진다.

셋째는 파트너가 멋지고 강하게 치려다가 언포스드 에러가 생겨 포인트를 잃어버리는 경우에도 "굿 트라이(good try)"라면서 격려해준다.

넷째는 게임 스코어에서 밀리고 있더라도 파트너에게 "한 게임 차이, 한 게임만 잡으면 충분해요"라며 격려하라.

다섯째는 주눅 들어서 실력 발휘를 제대로 못하고 있는 파트너에게 "걱정하지 마요. 상대방 보지 말고 그냥 네트만 넘긴다는 생각으로 최선을 다합시다" 하면서 격려하라.

(2) 파트너가 잘했을 때는 큰 소리로 "나이스 볼"이라 외치며 파이팅을 하라

복식경기에서는 "땡큐", "파이팅"만 잘해도 팀 분위기는 확 올라간다. 파트너가 잘해서 포인트를 땄을 때 혹은 실점 위기지만 이를 잘 받아서 넘겼을 때 대응행태는 두 가지로 나눠볼 수 있다.

첫째는 아무 말 없이 그냥 간다. 파트너가 잘한 것에 대해 그냥 지나가버린다. 이러면 파트너십을 끌어올리기 어렵다.

둘째는 "땡큐", "파이팅", "굿 파트너", "나이스 볼"을 외치며 환호한다. 파트너에게 다가가서 라켓을 대거나 손을 마주치며 파이팅을 외치는 것이다. 팀의 사기가 높아지는 결과를 가져온다. 이렇게 되면 상대방의 실수가 늘어나고 우리 팀에게는 행운이 따라온다. 땡큐와 파이팅의 위력이다.

① 내가 발리나 스매싱으로 포인트를 탄 것은 파트너가 찬스를 만들어줬기 때문이라고 생각하며 땡큐
② 파트너가 잘한 것은 그의 실력이 좋아서라고 생각하며 땡큐
③ 파트너가 잘해서 포인트를 땄을 때 큰 소리로 "굿 파트너", "나이스 파트너", "나이스 볼", "땡큐" 등을 외치면서 파이팅
④ 파트너가 서비스를 잘 넣어서 상대가 못 받거나 나에게 찬스 볼이 와서 포인트를 땄을 때 큰 소리로 "나이스 서브", "나이스 파트너", "굿 파트너", "땡큐" 등을 외치며 파이팅

(3) 자신이 실수했을 때는 바로 쏘리를 외쳐라

자신이 실수를 저질러놓고도 미안하다는 말도 없이 그냥 지나가버린다면 팀의 분위기는 좋아지기 어렵다. 그렇지만 자신이 저지른 실수에 대해 주저하지 말고 바로 "쏘리"라고 하면서 파트너에게 사과한다면 그리고 이 사과에 대해 파트너도 "네버 마인드(never mind)"로 화답한다면 팀 분위기는 살아날 것이다. 그래서 복식경기에서는 쏘리만 잘해도 팀워크는 좋아진다. 쏘리는 남발해도 순기능이 더 크다.

① 내가 친 볼이 에러가 되었을 때, 쏘리
② 내가 담당해야 할 부분을 놓쳐서 포인트를 잃었을 때, 즉 패싱 당하거나 로빙을 당했을 때 쏘리
③ 파트너가 쳐야 할 볼을 내가 뺏어 치다 포인트를 잃었을 때 쏘리
④ 내가 제대로 쳐서 볼을 넘겼지만 상대 팀에서 잘 쳐서 포인트를 잃었을 때도 쏘리
⑤ 이파지내를 잊어버리고 내가 잘해서 포인트를 딴 것이라는 생각이나 태도를 깨달았을 때는 바로 쏘리
⑥ 파트너의 실수는 내가 공을 상대편이 공격하기 좋게 넘겨주었기 때문이라고 생각하며 쏘리
⑦ 내가 실수하는 것은 내 실력이 부족해서라고 생각하며 쏘리

(4) 설사 파트너의 부정적인 말이나 행동이 있더라도
　　 맞받아치지 말고 이를 포용하라

　파트너가 팀워크 분위기를 깨는 "그러면 안 되지", "에이, ○○", "○○○하고 있네" 등을 말하더라도 "당신도 그래" 하는 등 직설적으로 되쏘는 일은 삼가야 한다. 그렇게 되쏘아버리면 파트너십은 유리병 깨지듯 깨지고 만다. 그 결과 시합 전체가 무너져버린다.

　설사 파트너의 부정적인 말이나 행동이 있다고 해도 "오케이", "쏘리", "예스" 하는, 즉 자신을 낮추며 파트너의 말을 관용하는 태도, 그리고 다시 최선을 다하자는 태도로 대응하는 것이 바람직하다. 이렇게 대응해주면 파트너도 마음속으로 직전에 뱉은 말이나 속내를 보인 행동에 대해 후회하며 더 잘하는 모습을 가질 것이다.

(5) 직전에 있었던 파트너의 실수 혹은 나의 실수는 바로
　　 잊어버려라

　이미 벌어진 실수, 지나가버린 실수를 붙들고 후회한다고, 탓한다고 되돌려지지 않는다. 이미 일어난 실수를 마음에 두면서 후회하고 후회할수록 공은 잘되기 어렵고, 팀의 분위기만 안 좋아진다. 그러므로 실수는 바로바로 잊어야 한다. 지금부터라도 다시는 그런 실수가 반복되지 않도록 새로 시작하는 마음을 갖는 것이 중요하다.

3

패인을 나에게서 찾아라

패배는 쓰다. 그러나 그 패배는 나의 귀중한 경험 자산이 되도록 해야 한다. 내게서 패인을 찾고 이를 보완해야 한다.

① 이파지내를 생각했는가?

② 파트너의 실수는 내가 공을 상대편이 공격하기 좋게 넘겨주었기 때문이라고 생각하는가?

③ 내가 실수하는 것은 내 실력이 부족해서라고 생각하는가?

④ 내가 발리나 스매싱으로 포인트를 딴 것은 파트너가 찬스를 만들어줬기 때문이라고 생각하는가?

⑤ 파트너가 잘한 것은 그의 실력이 좋아서라고 생각하는가?

⑥ 준생준사(準生準死) 정신으로 경기에 임했는가?

⑦ 공에 대해 집중하고 또 집중하며 볼 끝을 끝까지 보았는가?

⑧ 파트너가 서브를 넣을 때 내 역할은 센터 볼에 대한 포칭이 아니라 내 옆으로 패싱 당하지 않게 하는 것, 그리고 내 머리 위로 로빙 당하지 않게 하는 것임을 알고 잘 지켰는가?

⑨ 기본적으로 센터로 오는 볼은 서버가, 수비 때는 리시버가 담당하는 것으로 약속했는가?

⑩ 항상 라켓을 두 손으로 붙들고 자세를 최대한 낮췄는가?

⑪ 퍼스트 서브는 파트너와의 약속대로 티존, 보디 혹은 와이드존으로 넣었는가?

⑫ 볼이 네트 위 1.5미터 이하로 넘어갈 수 있도록 스트로크를 했는가?

⑬ 경기 전 준비운동을 철저하게 했는가?

⑭ 내게 온 공을 어디로 보낼 것인가를 미리미리 생각해두었는가?

⑮ 상대방이 친 공이 나에게 온다, 또 온다, 계속 온다, 즉 나온또온 계온 정신으로 몰입하고 대비했는가?

⑯ 포인트를 잃었을 때는 복기하여 그 이유가 상대방이 잘 쳐서인지, 아니면 내가 제대로 치지 못해서인지 등을 파악해서 다시는 그 실수가 반복되지 않도록 하는 것이 필요하다.

⑰ 상대에게 주눅 들어 자신감을 잃지는 않았는가? 이기기 위한 강한 멘탈에서 무너지지는 않았는가? 상대방과 랠리 몇 번을 해보고 '고수를 만났구나' 하면서 주눅 들지 않아야 한다.

⑱ 집중하고 집중했는가?

⑲ 힘을 빼고 쳤는가, 자세를 낮췄는가, 무리하지는 않았는가?

⑳ 자신의 장점을 적극 이용했는가? 백핸드와 포핸드 중 자신이 더

잘하는 쪽을 활용하는 것이 더 경쟁력 면에서 높다. 나달은 백핸드(왼손잡이의 오른쪽)도 잘 치지만 기회만 되면 돌아서서 포핸드(왼손잡이의 왼쪽)로 친다. 포핸드 볼은 파워가 붙고 회전력도 훨씬 높아진다. 이 볼은 당연히 상대방에게 강한 압박이 된다. 그 결과 찬스 볼로 되돌아오거나 상대가 실수를 범하게 된다. 나달은 이 방법으로 세계 오픈대회 우승을 22회나 거머쥐었다. 이렇게 치는 방법은 2023년 롤랑 가로스 대회에서도 많이 볼 수 있었다. 자신의 약점에 신경 쓰기보다는 강점에 더 치중해서 경기를 하는 것이 우승확률을 높이는 것이다.

DEUCE

노상병 하기

노상병(노부상, 노질병)을 외치며 노심초사다. 아플까 봐, 부상을 입을까 봐 벌벌 떤다.

테니스는 전신운동이다. 테니스를 칠 수 있다는 것은 몸에 이상이 없다는 것을 뜻한다. 팔에 엘보가 있거나, 어깨 회전근육이 파열되거나, 아킬레스건이 끊어지거나, 허리를 다치면 테니스를 제대로 칠 수 없다. 그래서 테니스는 보생와사(步生臥死, 걸어야 산다)를 강조하듯 제대로 움직일 수 있어야 한다.

호주 오픈에서 4강까지 진출해서 한국 테니스 역사를 새로 쓴 정현 선수도 발바닥 부상에 발목이 잡혀버렸다. 즈베레프까지 물리쳤던 정현 선수가 부상 이후에는 좋은 성적을 내지 못하고 있다. 또 프랑스 오픈에서 14차례 우승하여 흙신이라고 불리는 라파엘 나달도 부상으로 2023년 롤랑 가로스 대회에 불참했다. 이처럼 부상은 테니스 치는 사람들의 발목을 붙잡는 무서운 악몽이다.

내가 볼 때 테니스 경기에서는 ① 질병과 부상, ② 멘탈 붕괴로 인한 에러와 더블 폴트, ③ 안 좋은 컨디션, ④ 불운 등이 우승을 가로막는 가장 안 좋은 것들이다. 이 중에서 부상이나 질병은 무엇보다도 가장 피해야 할 무서운 괴물이다. 그래서 나는 아플까 봐, 부상 입을까 봐 노심초사하며 벌벌 떤다. 내가 매일 하는 주문(呪文)은 "아프지 말자, 다치지 말자"다. 현재 실천하고 있는 내 나름의 건강장수 비법, 노병·노상에 대해 벌벌 떨기 비법을 정리해본다.

1

건강장수 비법이 있을까?

- 몸에 투자하라는 것은 움직이라는 말이다. 걸어라, 하루 1만 보 이상을 걸으면 병원 갈 일 없다.
- 운동과 웃음이 하나가 되면 건강장수에 시너지 효과를 가져온다.

이제는 100세 시대다. 테니스인의 목표는 그냥 100세가 아니라 100세에도 테니스를 치는 100세다. 이것을 가능하게 할 수 있는 비법이 과연 있을까?

90세가 넘은 어느 노 교수에게 매년 세배를 오는 세 명의 제자가 있었다. 노 교수는 아직도 정정하다. 의대 교수로 정년퇴직한 후 귀촌하여 농사도 짓고, 면민들에게 매달 '나의 건강장수 비법'이라는 주제로 강의도 한다. 강의라기보다는 건강장수 상담이다. 세배 온 제자들이 "저희도 이제 70입니다. 저희에게도 건강장수 비법을 알려주시지요"라고 간청했다. 그러나 노 교수는 "내 나이 올해로 92세인데 지금부터 3년 후, 즉 95세 되는 해 때 세배를 오면 알려주겠네" 하는 것이다. 그러자 한 제자가 "왜 95세까지 기다려야 하는가요?"라고 묻자 노 교수는 이렇게 답했다. "그 이유는 간단하네. 나도 원래 건강이 좋지 않아 65세 정년퇴직과 동시에 귀촌하지 않았나? 그때는 내 건강나이 목표를 65에 10년을 더해서 75세로 잡았던 것이네. 그런데 자네들도 알다시피 75세까지도 건강하고 말았지. 그래서 다시 10년을 늘여 건강나이 목표를 85세까지로 수정했네. 그런데 85세까지도 역시 건강하여 세 번째로 수정한 목표가 바로 95세라네. 그러니 그때까지 기다리게나."

드디어 노 교수 나이가 95세가 되었다. 제자들이 노 교수로부터 건강장수 비법을 들을 수 있게 된 것이다. "내가 강조하고 있는 건강장수 비법은 간단하네. 3기만 잘하면 되네. 즉, 잘 먹기, 잘 걷기, 잘 웃기네. 이 세 가지는 서로 따로따로 구분된 것이 아니라 삼위일체여서 매일 실천하고, 어느 한 가지라도 부족하면 안 되는 것이네."

"첫째 비법인 잘 먹기란 사람의 기본인 잘 먹고, 잘 자고, 잘 싸는 것을 뜻하네. 잘 먹는다는 것은 첫째, 소식(小食)하며, 둘째, 골고루 먹으며, 셋째, 천천히 잘 씹어 먹으며, 넷째, 야채를 많이 먹으며, 다섯째, 규칙적으로 먹어야 한다는 것을 뜻하네. 그러니까 과식, 다식(多食), 육식, 폭식, 간식, 과음 등은 장수에 독이 되는 것이니 피해야 하네. 특히 고루고루 먹어서 장내 유익한 세균들이 기능을 제대로 해야 우리 몸에 있는 60조 개에 달하는 세포를 건강하게 만들게 되는 것이네. 또 건강장수에 좋다고 지나치게 유기농 채소, 종합영양제, 건강식품 등 슈퍼푸드 제일주의에 빠지는 것은 좋지 않네."

"두 번째 비법은 적당한 운동이네. 여러 가지 운동이 있겠지만 내가 추천하고 싶은 운동은 하루 만 보 이상 걷기네. 하루 만 보만 걸어도 모든 세포들이 활발하게 신진대사를 하면서 스스로에 대해 필요한 존재라는 것을 인식하게 되는 것이네. 만 보 걷기는 매일 하는 것이지. 어제 더 많이 걸었다고 하여 오늘 하루는 덜 걷거나 쉴 수 있는 것이 아니네. 그야말로 매일매일 빠짐없이 걸어야 하네. 그렇다고 만 보라는 목표를 처음부터 걸으라는 것은 아니네. 처음 시작할 때는 목표를 낮게 잡았다가 점점 더 늘려가는 것이 바람직하네. 장수라고 하여 1년 후, 5년 후, 10년 후를 이야기하는 것이 아니라 우선 오늘 하루부터 건강하게 살아야 한다는 것을 명심하게. 우리의 삶이란 사실상 하루살이라는 이야기지. 삶에는 내일이 없네. 오직 오늘이 있을 뿐이지. 그리고 만 보 걷기는 자신의 생활이 규칙적일 때 가능하다는 것을 명심하게!"

"세 번째 비법은 잘 웃기네. 삶의 목표는 즐기며 웃는 것이네. 마지막에 웃는 것이 중요한 것이 아니라 지금 웃는 것, 자주 웃는 것이 훨씬 중요한 것이네. 즉, 지금 즐겁게 먹고, 즐겁게 걸어야 제대로 건강 장수를 할 수 있는 것이네. 잘 웃기고, 잘 웃는 인간이 심리적·사회적 안정을 쉽게 찾는 것이네. 서로를 믿고 사랑하며 배우는 삶, 나누는 삶, 부부간 사랑이 있는 삶, 친구나 이웃들과 더불어 사는 삶을 사는 것이 바로 즐거운 삶, 웃음이 있는 삶이네. 웃음이 있으면 스트레스가 없어지고 대신 엔도르핀이 나오게 되어있네. 엔도르핀은 인체의 모든 세포들로 하여금 생존의 이유를 만들어주는 약리 작용을 하는 것이네. 웃지 않은 날은 헛산 날이라는 말도 있네. 그리고 웃기도 걷기와 마찬가지로 어제 많이 웃었으니 오늘은 덜 웃어도 된다는 것이 아니라 지금 웃는 것, 오늘 웃는 것, 매일매일 웃는 것, 많이많이 웃는 것을 말하는 것이네."

"그리고 가장 중요한 것은 지금까지 이야기한 세 가지의 비법을 모두 매일매일 계속해서 실천하는 것이네. 건강장수는 누가 대신 해주는 것도 아니고, 오늘 했으니 내일은 쉬어도 되는 것이 아니라 사람이 살기 위해서는 숨을 쉬어야 하는 것처럼 매일매일 실천해야 하는 내 자신의 몫이라는 것을 명심하게."

그런데 비법을 알려준 지 3년차가 되던 해에 두 제자만 세배를 온 것이 아닌가! 한 제자가 죽은 것이다. "교수님, 그 친구는 교수님의 비법을 제일 잘 실천하고 있었는데 그만 죽었답니다." 그러자 교수는 정색하면서 "여보게들, 내가 그러지 않았나? 이 비법은 매일매일 계속 실천해야지 도중에 그만두면 아무 소용이 없다고⋯. 나처럼 계속해야 비법이 되는 것이지. 그런데 그 친구가 도중에 그만두고 말았다니 안타깝네⋯."

위의 비법 중에서 가장 웃음을 짓게 하는 대목은 "이를 매일매일 실천해야 하며, 계속 실천해야 한다"는 대목이다. 매우 역설적이지만, "건강해서 오래 살아있는 것이 아니라 오래 살아있기 때문에 건강한 것이다, 강한 자가 오래 사는 것이 아니라 오래 사는 사람이 강한 것이다"라는 것을 암시하고 있다. 이 이야기에서 시사하는 것은 장수 비결이라고 해서 특별한 것이 존재하는 것이 아니라 ① 잘 먹고, ② 잘 움직이고, ③ 잘 싸고, ④ 잘 웃는 등 네 가지만 실천한다면 신체적인 건강뿐만이 아니라 정신적인 건강 모두를 달성할 수 있다는 것이다. 사람이 건강해야 남을 위해 베풀고, 자신을 개발하며, 오늘을 행복하게 살 수 있는 것이 아닌가!

2

테니스는 과연 건강장수 운동인가?

- 즐테최테란 즐겁게 테니스 하는 것이 최고의 테니스이며, 장 테잘테, 즉 장기적으로 오래 테니스를 하는 것이 잘 치는 테 니스라는 말이다.

- 테니스가 불로초보다 좋다는 것은 테니스가 보생와사(步生臥 死), 소식다동(小食多動), 다관다소(多關多笑)를 주성분으로 하 기 때문이다.

1) 건강장수 비법

과연 테니스가 건강장수를 담보할 수 있는 비법의 운동인가? 테니스가 과연 이런 물음에 어떤 답을 내놓을 수 있는가?

우리는 건강하게 오래 살기를 원한다. 인간의 기대 수명은 이제 100세를 넘어섰다. 유엔에서는 79세까지도 중년이라고 부르고 있다. 환갑잔치도 옛말이 되었다. 모두 99883, 즉 99세까지도 팔팔하게 사는 삶을 바라는 것이다. 그런데 과연 어떻게 해야 건강장수를 누릴 수 있을 것인가? 나이, 즉 연대기적 나이(제조일자, 주민등록상의 나이)가 늘어날수록 노화는 가속화된다. 몸의 여러 기능이 급속하게 떨어지는 것이다.

그래서 노인에게 있어 건강이란 노화와의 싸움에서 이겨내는 것이다. 나이는 아무리 노력해도 뒤로 돌릴 수는 없다. 다만 유통기한(요즘은 소비기한)은 늘릴 수 있다. 그런데 유통기한은 영양제나 건강식품만으로는 해결되지 않는다. 인간 장수 생리학을 연구하는 학자들의 공통적인 결론은 **보생와사**(步生臥死), 즉 걷자 생존 원칙을 말한다. 운동해야, 움직여야, 걸어야 건강하게 오래 살 수 있다는 것이다. 비록 나이가 70대라고 해도 심장과 허파의 기능이 좋고 골다공증이 없으며 근력이 강한 사람의 경우 50대의 건강 나이를 가질 수 있는 것이다. 그래서 요즘처럼 건강관리가 잘 이루어지는 상황에서의 나이 계산법은 과거와는 완전히 달라졌다. 즉, 현재의 자기 나이에 0.8을 곱해서 나온 숫자가 오늘날의 나이라는 것이다. 소위 486시대, 40대처럼 팔팔한 60대, 587시대, 50대처럼 팔팔한 70대 시대가 된 것이다. 인간의 수명은 계속해서 늘어날 것으로 전망된다. 그런데 이처럼 나이는 늘어난다고 해도 유병장수(有病長

壽)라면, 즉 요양병원이나 요양원에 누워 있으면서 나이만 드는 것이라면 이는 진정한 장수라고 할 수 없다.

영국에서 25년 동안 8,500명의 사람들을 추적한 결과 테니스를 즐기는 사람들은 운동하지 않는 사람들보다 평균 9.7년을 더 오래 산 것으로 나타났다. 테니스는 함께 조사한 배드민턴(6.2년), 축구(4.7년), 조깅(3.2년), 짐 트레이닝(1.5년)의 수명 증가보다 훨씬 높다. 그 근거로써 테니스가 근골격을 튼튼하게 할 뿐만 아니라 심혈관계를 건강하게 만든다는 것을 들고 있다. 즉, 테니스는 움직이는 볼을 쳐야 하므로 몸을 앞뒤 좌우로 재빨리 움직여야 한다. 따라서 테니스는 근력과 지구력, 민첩성을 증대시켜 심혈관 질환을 줄여주며, 근감소증을 방지하여 근골격계를 강화시킨다.

테니스는 골프나 당구처럼 멈춰있는 스탠딩 볼(standing ball)이 아니라 어디로 튈지 알 수 없는, 움직이는 볼을 쫓아가면서 쳐야 한다. 팔다리 허리 등 전신을 움직이며 이리저리 뛰어야 가능하다. 이래서 테니스 치는 사람들은 운동하지 않는 사람에 비해 거의 10년 이상을 더 장수하게 되는 것이다.

건강장수는 육체와 정신이 모두 건강할 때 이루어진다. 테니스는 육체 운동이지만 아마추어들은 웃고 떠들기도 한다. 또한 테니스 치는 동안에는 테멍, 즉 테니스에 몰입하여 다른 생각을 하지 않는다. 그래서 테니스는 정신적인 스트레스도 풀어주는 작용을 한다. 테니스가 건강장수 운동이라고 인정받는 것은 테니스가 육체적인 운동은 물론 정신적으로도 재미와 즐거움, 테멍을 주기 때문으로 보고 있다. 매일 테니스를 치게 되면 건강이 좋아지고, 건강이 좋아지면 테니스를 칠 수 있게 된다. 이렇게 테니스가 삶이고 삶이 테니스가 되는 일심동체가 될 때 테니스는 현대판 불로초가 되는 것이다.

가끔 나에게 몇 살까지 테니스를 치려고 하는지를 묻는 사람이 있다. 이 물음에 대해서는 딱 부러지게 대답하지 못한다. 나이가 들어갈수록 내일 내 몸이 어떻게 될지 알 수 없기 때문이다. 그렇지만 **오늘 테니스를 했으니 내일은 또 칠 수 있을 것이라고는** 말한다. 이렇게 하루하루가 모이면 한 달이 되고 또 일 년이 되는 것이 아니겠는가? 길게 볼 수는 없다. 어제, 오늘, 그리고 내일만 있을 뿐이다. **테니스는 칠 수 있을 때까지 치는 것이다.**

2) 검증된 건강장수 운동으로서의 테니스

테니스에 푹 빠져버렸다면, 그래서 테미가 되어버렸다면 테니스는 이제 본인에게 평생 운동이 된 것이다. 테미가 되면 테니스를 치고 있는 매 순간을 즐기면 된다. 테니스를 잘 치는 것도 중요하지만 더 중요한 것은 테니스를 재미있게 즐기며 치는 것이다. 재미있어야 매일 치고 싶고, 그래야 오래 계속해서 테니스를 즐길 수 있다. 이렇게 매일매일 테니스를 치게 되면 테니스는 불로초보다 더 좋은 건강장수 묘약이 된다. 테니스를 하게 되면 자연스럽게 **보생와사가 실천된다.** 계속 테니스를 하다 보면 **인작습**(人作習), **습작인**(習作人) 원리에 따라 습관화된다. 즉, 테니스는 걸어야 사는 것, 누우면 죽는다는 것을 실감하게 하는 운동이며, 테니스는 중독성이 있어 운동하는 습관을 만들어준다. 특히 매테(매일 치는 테니스)가 습관으로 굳혀진다. 이렇게 테니스가 일상이 되기만 한다면 건강장수를 누리면서 100세까지 테니스를 칠 수 있다. 즉, 테백산(테니스로 백 세까지 산다)을 건배사로 외칠 수 있는 것이다.

매일 테니스를 하다 보니 몸의 나이는 훨씬 젊어진다. 테니스는 건강장수를 통해 행복 수준을 높여준다. 육체가 건강해야 정신도 건강하다. 육체와 정신이 모두 건강할 때 건강장수, 그리고 행복도 실현된다.

3

노상병(노부상·노질병) 비법을 3단계로 실천한다

- 부상을 막으려면 기계와 마찬가지로 몸에 대한 예방정비가 필요하다. 부상을 당해버린 다음에는 10배 이상의 노력이 있어야 복구된다. 화물차에 짐을 제대로 묶지 않고 운행하다가 짐이 도로로 떨어지는 경우 교통 흐름은 막혀버린다. 짐이 떨어지지 않았을 때보다 20배 이상의 사회비용이 발생한다.
- 보생와사(步生臥死): 걸으면 살고 누우면 죽는다.
- 걸생누사, 걸산누죽: 걸으면 살고 누우면 죽는다.
- 노병·노상, 무병·무상, 미병·미상, 즉 노병상은 다 같은 의미다. 즉, 현재 병이나 부상이 아직 없다는 것은 앞으로 질병에 걸리거나 부상을 입을 수 있다는 것을 뜻한다.

테니스를 매일 계속해서 칠 수 있으려면 건강한 몸을 타고나야겠지만 그것만으로는 불충분하다. 즉, 좋은 몸으로 태어났건 아니건 상관없이 중요한 것은 현재 자기 몸을 얼마나 잘 관리하고 있는가다. 사실 50년 이상을 테미 이동규로 살아오면서 건강비법, 즉 노병, 노부상의 건강상태 유지를 위한 비법으로 예비운동 단계, 운동 단계, 운동 후 단계 등 3단계로 구분하여 실천하고 있다.

1) 비법 제1단계: 예비운동 단계

예비운동이란 준비운동이다. 운동하는 생활, 건강을 유지하는 생활이 되려면 예비운동, 즉 운동 전 단계를 제대로 이행해야 한다. 예비운동은 기본적으로 **보생와사**(걸생누사, 걸생누죽, 즉 걸으면 살고 누우면 죽는다) 철학을 따른다. 즉, 움직이라는 것이다.

인간은 수렵생활이 시작되면서부터 걷도록 진화한 동물이다. 인간은 지금까지 걸어서, 뛰어서 생활했기 때문에 생존을 유지해온 것이다. 따라서 인간은 자는 시간을 빼고는 계속 움직이고 걸어야 한다. 그렇지 않으면 수많은 병에 걸리게 되어있다. 끊임없이 이동하는 누 떼나 얼룩말들에게는 소화불량이 없다. 그들은 대사증후군에 걸리지 않는다. 그러나 인간은 걷지 않으면서 소화불량과 대사증후군에 걸린다. 아프리카 줄루족을 보면, 그들은 깨어있는 동안 사냥하거나 춤을 추면서 계속해서 움직인다. 사냥도 뛰어다니며 하는 것이 아니라 사냥감이 지칠 때까지 걸으면서 쫓아간다. 인내심과 몽둥이 하나로 그냥 걸어서 사냥하는 것이다. 이처럼 과거 사람들은 농업이나 어업 혹은 사냥으로 먹고살았기 때문에 걸을 수밖에 없었다. 즉, 별도로 걷기를 할 필요가 없었다. 그러나 오늘날 사람들은 움직이지 않는다. 대부분이 걷기가 필요 없는 상황에 살고 있기 때문이다. 아파트라는 좁고 밀폐된 곳에 살고, 이동(移動)도 걷는 것이 아니라 차량이 대신한다. 이처럼 움직일 공간도 없고 움직일 필요도 없어진 것이 현대 인간의 삶이다. 걷지 않다 보니 도시인들은 각종 성인병에 노출된다. 이런 성인병을 예방하기 위해서는 하루에 억지로라도 5천 보 이상을 걸어야 한다.

나는 테니스를 위한 예비 운동으로서 반드시 새벽 운동을 한다. 어젯밤 잠자는 시간이 빨랐건 늦었건 관계없이 항상 새벽 4시 50분에 일어난다. 그리고는 오늘 테니스를 제대로 칠 수 있도록 몸을 준비시키는 운동을 한다. 허리운동, 스트레칭, 근력운동과 함께 4천 보 이상을 걷는다. 이렇게 아침 운동을 마치면 뜨거운 물로 무릎 관절, 허리, 어깨 등을 집중적으로 샤워 마사지를 한다. 그래야만 오늘 테니스를 무난히 다치지 않고 칠 수 있다고 생각하는 것이다.

- 규칙적인 일상, 취침 및 기상 시간 지키기
- 규칙적인 식사, 소식, 골고루 먹기
- 다동다소(多動多笑, 많은 움직이고 많이 웃는다) 하기
- 보생와사(步生臥死) 실천하기
- 건강진단으로 자신의 몸의 약점을 찾아내고 관리하기
- 아침운동 하기. 이때 스트레칭과 근력운동도 함께 해주기

- 아침 뜨거운 물 샤워로 관절 풀어주기
- 다치지 않기(좋은 운동화 신기, 미끄러지지 않기, 주변의 위험 감지하기, 무리하지 않기, 손과 발을 따뜻하게 하기, 물 많이 마시기 등)

2) 비법 제2단계: 운동 단계

운동이 생활이고 생활이 운동이다. 즉, 건강한 생활이란 운동과 생활이 일심동체인 것을 말한다. 나의 경우에는 운동은 테니스고 테니스가 바로 운동인 셈이다. 부득이한 사정으로 테니스를 치지 못하는 경우에는 1만 5천 보 걷기 목표 달성으로 이것을 보완한다.

2019년 코로나19 유행 이후부터 테니스를 하건 안 하건 하루의 걷기 목표를 1만 5천 보 이상으로 올렸다. 걷기 목표란 오늘 걸어야 하는 목표다. 어제 많이 걸었다고 해서 오늘 덜 걷고, 오늘 덜 걸었다고 내일은 더 많이 걷고 하는 것이 아니라 매일매일 오늘의 걷기 목표를 달성하는 것이 걷기다. 이렇게 걸었을 때 몸의 컨디션은 정상적으로 유지되면서 노병상(病傷)을 달성하게 된다. 특히 걷기는 여러 가지 면에서 스스로 뿌듯함을 느끼게 한다.

첫째는 매일매일 하루도 빠지지 않고 오늘의 목표를 달성함에서 오는 뿌듯함이다. 오늘의 목표를 달성하지 않아도 아무도 탓할 사람이 없지만 자신과의 약속을 지켰다는 것이 중요하다. 자기합리화를 하려는 자신을 이겨내는 데서 오는 뿌듯함이다. 사실 목표달성의 최대 적은 자기 자신이다. 걷기 목표를 달성하려면 '오늘 못 걸었으면 내일 더 걸으면 되지 않겠는가' 또는 '오늘은 날씨가 안 좋으니 목표 달성을 하지 못해도 괜찮을 거야' 등등 온갖 핑곗거리들을 이겨내야 한다. 나는 하루 1만 5천 보 걷기라는 목표를 세우고 매일 걸었다. 대개 새벽에 4천 보가량을 걷는다. 날씨가 안 좋아 테니스를 치지 못하는 경우에는 오후에 운동장을 걷거나 동네 한 바퀴를 돌면서 걷기 목표를 달성한다. 이것은 아무도 대신 해줄 수 없는 내 일이다. 손에 차고 있는 스마트워치로부터 "오늘도 1만 5천 보를 달성했습니다. 축하합니다. 목표를 더 올려볼까요?"라는 멘트를 듣는 것이다. 1만 5천 보를 내일도 아니고 어제도 아닌 바로 오늘 걸었다는 것은 오늘을 제대로 살았음을 확인해준다.

둘째는 걷기의 카타르시스 기능에서 오는 뿌듯함이다. 걷기는 멍하니 걷는 자체가 힐링이 되기도 하지만 걷기는 자신과 대화할 수 있는 아주 좋은 시간이 된다. 스트레스가 많을 수밖에 없는 복잡한 현대생활에서 걷기는 스트레스를 해소하는 기능을 한다.

셋째, 새벽 걷기의 경우 오늘을 새로 시작한다는 뿌듯함이 있다. 동이 터오르면서 훤해지는 동쪽 하늘, 그리고 아직 서쪽에 걸린 둥근 달과 별들을 마주하면서 그날 하루의 다짐을 머릿속으로 정리할 수 있다.

꾸준한 걷기는 테니스를 위한 체력 유지로서뿐만 아니라 자신의 건강 유지를 위한 일상적인 투자다. 건강투자를 제대로 하지 않으면서 건강하기를 바라는 것은 어불성설(語不成說), 즉 말이 안 되는 소리이며, 연목구어(緣木求魚), 즉 나무에서 물고기를 바라는 격이다. 그래서 사람들은 자신의 건강을 위해서 하루 최소 5천 보 이상씩 걷는 데 투자해야 한다. 처음에는 5천 보라지만 차츰차츰 걸음 수 목표를 늘려서 만 보까지 올릴 수만 있다면 건강은 확실하게 담보된다. 일반적으로 30대는 주 3회 30분 이상, 40대는 주 4회 40분 이상, 50대 이상은 매일 50분 이상씩 5천 보는 걸어주어야 한다고 말한다.

우리 모두 오늘을 산다. 오늘은 각자의 최고의 날이다. 오늘을 제대로 살려면 오늘이 건강해야 한다. 아프거나 부상을 입어 오늘이 의미 없이 도망가버리지 못하도록 꼭꼭 붙잡아야 한다. 오늘이 그냥 지나가도록 내버려두는 것은 어떤 핑계를 댈지라도 사실은 공허한 자기합리화일 뿐이다. 올림픽 금메달리스트 여서정은 4초의 연기를 위해, 안산은 20초 이내에 10점을 맞히기 위해 최선을 다했다. 여기에 비하면 오늘 24시간을 내 시간으로 쓸 수 있다는 것은 얼마나 대단한 사치인가! 우선 5천 보 걷기부터 시작해보자. 그래야 테니스도 할 수 있다.

- 매일 규칙적으로 테니스를 친다.
- 매일 2시간 이상 테니스를 친다.
- 매일 3세트 이상 경기를 한다.
- 매일 1만 5천 보 이상 걷는다.

3) 비법 제3단계: 운동 후 단계

새벽 운동, 테니스 등으로 충분히 움직인 오늘의 몸에 대해 감사하면서 내일의 테니스를 위해 준비하는 단계다. 즉, 오후 5시경에는 뜨거운 물을 받아서 팔, 어깨, 무릎, 허리 근육을 풀어준다.

- 땀을 잘 씻는다.
- 뜨거운 물로 몸을 풀어준다.
- 일찍 잔다.

유산소 운동을 계속하면 3~4년이 젊어진다. 이스라엘의 한 연구에 따르면, 12주 동안의 유산소 운동으로 염증지표인 CRP 값이 20퍼센트(당뇨 환자의 경우는 40퍼센트) 정도 낮아졌다. 그뿐만 아니라 항염증 요소인 IL-10 단백질까지도 증가되었다. 또한 운동은 노화 지연에 효과가 크다. 즉, 운동으로 매주 총 3,500칼로리를 소모하면 신체 기능상 약 3~4년이 젊어진다는 것이다.

– 유병팔의 『125세 건강 장수법』 중에서

4

테니스 치다 겪은 나의 상병들

1) 내가 겪은 테니스 부상들

이렇게 준비 건강, 대비 부상 비법을 실천하고 지냄에도 불구하고 테니스를 치다가 부상을 몇 차례 입었다. 여기서 부상(負傷)은 부상(副賞)이 아니라 다친 것을 말한다. 다른 운동도 그렇겠지만 테니스는 움직이는 볼을 치기 때문에 몸에 부상이 생기면 테니스 치기는 어려워진다. 2022년 프랑스 오픈 준결승에서 경기를 잘 풀어가던 즈베레프가 2세트 도중에 넘어지면서 오른쪽 발에 부상을 입고 기권했다. 2020년 호주 오픈 4강까지 진출하여 한국 테니스 역사를 새로 쓴 정현 선수도 발바닥을 다친 이후로 발목이 잡혀서 좋은 성적을 내지 못하고 있다. 2023년 프랑스 오픈에 우승 1순위이던 흙신 나달이 부상으로 불참했다. 이처럼 몸의 일부라도 부상을 입으면 어떻게 5세트 단식 경기를 하겠는가! 그만큼 평소에 자신의 몸 관리가 철저해야 하는 것이 테니스다. 나도 50년간 운동하면서 두어 차례의 허리 부상, 갈비뼈 골절, 새끼발가락 골절, 눈썹이 찢어지는 부상, 무리한 운동으로 인한 체력 망가짐이라는 부상을 입었다.

첫 번째는 허리 부상이다.

테니스 치다가 그냥 드러눕고 말았다. 허리가 아파서 일어날 수가 없었다. 엑스레이를 찍어보니 디스크가 삐져나온 것은 아니란다. 허리의 신경 근육이 꼬였다는 진단이었다. 너무 아파서 우선 통증이라도 멎게 하려고 평소 알고 지내던 통증 전문병원 지원장을 찾아갔다. 등뼈 부분에 주사를 놓는 것 같았다. 오늘을 포함해서 두 번만 더 주사 치료를 받아보고 효과가 없으면 외과병원에 가서 정밀진료를 받으라고 한다. 그런데 놀랄 만한 일이 벌어졌다. 병원 들어오기 전까지 허리가 아파서 꼼짝달싹도 못 했는데, 그 통증이 거짓말처럼 사라져버린 것이 아닌가! 그래도 다음 날까지 한 번 더 치료를 받았다. 그리고는 허리 통증 치료가 끝났다. 다음에 또 허리가 아프면 다시 찾아가면 되겠다고 메모까지 잘해뒀지만 수십 년째 아직 아프지 않고 지낸다. 정말 감사할 일이다.

두 번째는 파트너와의 충돌로 생긴 갈비뼈 골절 부상이다.

파트너가 서브를 넣고 나는 전위를 보고 있었다. 상대가 넘긴 볼이 스매싱하기 딱 좋도록 중간 부분으로 날아왔다. 나는 이때다 싶어 스매싱하려고 라켓을 쥔 오른손을 들어 힘차게 스윙을 했다. 그런데 그 순간 나는 코트 바닥으로 고꾸라지고 말았다. 왜냐하면 내 파트너도 서브를 한 다음 붕 떠오는 볼을 스매싱 하려고 왼쪽 팔꿈치를 구부려 뒤로 빼면서 달려들었던 것이다. 그렇게 파트너의 왼쪽 팔꿈치가 열려있는 나의 오른쪽 갈비 부분을 순식간에 가격한 것이다. 그 순간 나는 쓰러져서 숨을 쉬지 못했다. 인저리 타임(injury time, 부상자 회복 시간)으로 3분 정도 의자에 앉아 쉰 다음에 괜찮은 것 같아 다시 경기를 했다. 경기가 끝난 다음 아무래도 갈비뼈가 부러진 것 같아 외과에 들러 진료를 받았다. 엑스레이를 찍었으나 별 이상은 없다고 하여 안심하고 다음 날도 테니스를 했다. 그런데 날이 갈수록 계속 갈비뼈 부근이 욱신거렸다. 그래서 다시 외과병원에 가서 엑스레이를 찍어보니 이번 사진에서는 갈비뼈에 금이 벌어진 것이 확실하게 나타났다. 갈비뼈 골절이었다. 의사는 갈비뼈 골절에 대해 다른 치료방법이 없으니 복대를 하고 한 달간만 쉬면 붙는다고 하면서 걱정하지 말란다. 이 사진을 찍은 날 거의 기어서 집에 들어갔다. 아내가 갑자기 웬일이냐고 물어서 테니스 치다가 갈비뼈에 금이 가서 그렇다고 대답했다. 언제 그랬냐고 물어서 일주일 전에 부러진 것이라고 말하니 정말 어이없다는 듯 나를 쳐다보았다. 그럼 지난 6일간은 계속 테니스 치던데 그것은 뭐였냐고? 나는 오늘에야 갈비뼈 골절을 알아냈기 때문에 오늘부터 부러진 것이나 다름없다고…. 이렇게 말하고 보니 내 대답은 앞뒤가 안 맞는 매우 궁색한 것이었다.

세 번째는 하드 코트(hard court)에서 짧은 볼을 받기 위해 미끄러지며 달려갔으나 발이 미끄러지지 않아 발목이 꺾이면서 생긴 새끼발가락 골절 부상이다.

그런데 그것이 골절인 줄도 모르고 그다음 날도 테니스를 했다. 그리고 논산에서 열리는 딸기 축제장에도 갔다. 그러다 조금 불편해서 한의원에서 침을 맞았으나 계속 발가락이 아팠다. 그래서 일주일이 지난 어느 날 외과에 가서 엑스레이를 찍었다. 결과는 새끼발가락 골절이었다. 그래서 새끼발가락 골절 접합수술을 받았다. 며칠간 입원까지 했다. 가만히 생각해보니 이렇게 골절된 데는 두 가지 원인이 작용한 것 같았다. 첫째는 클레이 코트가 아니어서 미끄러지지 않는데도 미끄러질 것이라고 예상하여 미끄러졌지만 실제로는 미끄러지지 않아 발목이 꺾이면서 골절로 이어졌다. 그리고 두 번째는 이렇게 발목이 꺾일 지경에 이르렀을 때 당연히 신고 있던 운동화가 발목을 보호해줘서 발가락까지 꺾이는 것을 막아줘야 하는데 그렇지 못했다. 그래서 그 이후로는 하드 코트에서 운동할 때 미끄러지지 않는다는 것을 충분히 잘 인식하며 테니스를 쳤다. 또 이때부터 테니스 운동화는 조금 비싸더라도 발목을 충분히 보호해줄 수 있는 것을 신었다. 어떻든 이 부상으로 인해 태어나 처음으로 새끼발가락 골절 접합수술이라는 것을 받아보았다.

네 번째는 파트너와의 충돌로 눈썹이 찢어진 부상이다.

상대방이 넘긴 공이 센터 쪽에 떨어졌다. 왼쪽을 담당하고 있던 나는 재빨리 뛰어가서 포핸드로 볼을 넘겼다. 그런데 갑자기 눈에서 불이 반짝였다. 그리고 눈두덩이에서 피가 솟구치는 것이 아닌가! 오른쪽에서 리시브를 하고 있던 파트너도 센터로 떨어진 볼을 치기 위해 백핸드 스윙을 한 것이다. 내가 이미 라켓을 휘둘렀는데 뒤늦게 나온 파트너의 라켓이 나의 오른쪽 눈썹 부분을 스쳐 그곳이 째지고 피가 났다. 바로 근처의 종합병원으로 갔으나 신경이 밀집된 얼굴 부위여서 안과, 신경외과 등을 가야 했는데 토요일이고 이미 5시가 넘어 의사가 없다는 것이었다. 할 수 없이 충남대병원 응급실로 갔다. 엑스레이 촬영, 신경외과 의사의 진료, 안과 의사의 진료 그리고 피부과 의사의 찢어진 부분 봉합수술이 이루어졌다. 이로 인해 3일간이나 테니스를 쉬어야 했다. 여기서 하나의 중요한 교훈을 배웠다. 즉, 두 사람 사이로 날아오는 센터 볼은 원칙적으로 리시버가 책임을 져야지 내가 칠 수 있다고 생각하고 치다가는 사고가 날 수 있다는 것이다. 이런 부상을 방지하기 위해서는 파트너와는 게임 들어가기 전에 미리 센터 볼 처리를 누가 할 것인가에 대해 약속을 해두는 것이 필요하다는 것을 알았다. 어떻든 이 부상으로 응급실이라는 곳을 처음 들어가봤다. 그리고 종합병원에서는 해당되는 여러 전문 분야, 즉 눈썹 찢어짐에는 영상판독, 신경외과, 안과, 피부과의 의사 등의 진단이 있고 난 다음에야 치료가 이루어지기 때문에 신속하게 처리되기는 상당히 어렵다는 경험을 했다.

다섯 번째 부상은 몸의 말을 무시한 무리한 운동으로 인해 온몸이 다운(down)된 부상이다.

2022년 11월 18일 코리아오픈에 페어로 참가하면서 발생한 사건이었다. 며칠 전부터 아랫입술이 부르텄다. 몸이 컨디션이 안 좋다는 신호를 보낸 것이다. 그래도 약속을 지켜야지 하는 생각에 새벽같이 일어나 택시, 기차, 지하철을 이용하여 세 시간에 걸친 이동 끝에 육사테니스코트에 도착했다. 몸이 요구하는 휴식을 취하지 않고 일정을 강행한 것이다. 그리고 오전에 예선경기, 오후에 본선 경기를 치렀다. 결선에는 오르지 못하여 다시 대전까지 네 시간 정도 걸려서 돌아왔다. 금요일이라 고속버스 전용차선도 무용지물이었다. 이렇게 강행군하고 나서 충분히 쉬지 못한 상태에서 다시 그다음 날 가족들과 함께 서산 도시형 캠핑에 갔다가 저녁 10시경에 돌아왔다. 이틀간 쉼 없이 움직인 후유증이 그다음 날부터 나타나기 시작했다. 몸의 밸런스가 완전히 깨졌는지 몸이 말을 듣지 않는 것이었다. 평생 처음으로 내 몸도 내 말을 듣지 않을 때가 있다는 것을 실감했다. 의사의 처방은 그냥 쉬란다. 과로로 인한 부상 상태란다. 며칠간 잠도 오지 않았다. 이날까지 평생 운동을 해오면서 처음 듣는 병명이었다. 주인이 몸을 무시하고 무리하면 몸도 파업으로 맞설 수 있다는 것을 보여준 것이다. 이렇게 나이 들어 무리하면 완전히 무리수를 두는 것이라는 것을 깨달았다. 이 부상에서 회복되는 데는 한 달 이상이 걸렸다. 심장에까지 무리가 갔다고 하여 한 달 뒤 심전도, 심장초음파, 심장 엑스레이까지 찍어봤다. 다행히 정상이란다.

2) 부상과 질병은 언제 그리고 왜 발생했는가?

부상의 근본 원인은 **테니스와 몸 간의 소통 미흡**에 있었다. 질병도 마찬가지다. 몸과의 소통이 안 될 때 탈이 나게 되어있는 것이다.

테니스 부상이나 질병에 걸리는 원인은 자신이 스스로 초래한 부상과 파트너와의 충돌로 발생한 부상, 그리고 상대방이 친 볼에 맞아서 생기는 부상 및 노화 등으로 인한 질병 등 네 가지가 대부분이다.

(1) 준비 부족으로 인해 스스로 초래한 부상

① 몸을 제대로 풀지 않고 바로 경기에 들어간 경우

경기하기 전에 충분히 몸을 풀어줘야 하지만 그런 과정이 없이 바로 시합에 들어가는 경우, 몸의 근육이 미처 준비하지 못한다. 이 상태에서 자기의 옆이나 위로 오는 볼을 받기 위해 갑자기 뛰다 보면 넘어지는 등 부상이 발생하는 것이다.

② 평소에 충분한 운동을 하지 않아 체력이 떨어진 상태에서 경기에 들어간 경우

이는 자신의 운동 능력을 잘못 판단하는 경우다. 평소에 꾸준히 걷고 유산소 운동, 근력 운동을 해서 테니스를 칠 수 있는 몸 상태가 되어야 하는데, 그렇지 못한데도 과거 생각만 하고 그냥 테니스 경기를 했을 때 어깨, 무릎, 허리, 발목, 아킬레스건 등에서 문제가 발생할 수 있다.

③ 코트 상태를 정확히 파악하지 못하거나 신발이 좋지 못한 경우

예를 들어 하드 코트인데도 클레이 코트에서처럼 미끄러지면서 볼을 받으려 하다가는 넘어지는 부상을 입는다. 왜냐하면 하드 코트는 미끄러지지 않아 대신 넘어지거나 발목이 꺾이게 된다. 이때 다행히 발목을 잘 보호하는 신발을 신고 있다면 발목이 꺾이지 않아 부상을 막을 수 있다. 그렇지 못하면 내가 경험한 것처럼 발목 부상, 발가락 골절 등의 부상을 입게 된다.

④ 무리는 부상을 부른다.

　◦ 무리영부: 무리를 하면 부상이 찾아온다.
　◦ 과유불급(過猶不及), 즉 지나치게 테니스를 하여 무리수를 두
　　는 것은 잘못이라는 이야기다.

　사람에게는 자신만의 운동력 한계가 있다. 이는 몸이 알고 있다. 평
소에 연습을 게을리하면 당연히 몸무게는 불어나고 무릎과 근육은 운
동 능력이 떨어진다. 그리고 운동 근육도 줄어든다. 이처럼 몸이 준비되
지 못한 상태에서 갑자기 움직여야 하는 테니스를 하게 되면 준비를 제
대로 하지 않은 아킬레스건, 장딴지, 허벅지, 허리, 엘보, 팔의 회전 근육
등에서 문제가 생긴다.

(2) 파트너와의 충돌로 생기는 부상

　복식경기에서는 한 팀이 코트의 한 면에서 함께 있으면서 수비하
고 공격한다. 그러다 보니 두 사람이 충돌할 수 있다. 특히 볼이 두 사람
사이로 오는 경우 서로 치려다가 부상이 발생한다. 이런 부상에 대비하
기 위해서는 파트너와 미리 "① 리시버를 담당하는 사람이 우선적으로
친다. ② 서브하는 사람이 우선적으로 친다" 등과 같이 약속을 해두면
부상의 소지는 줄어든다. 그런데 이런 약속이 없는 경우 혹은 볼이 누
가 쳐야 할지 정말 애매하게 중간 부분으로 넘어온 경우, 두 사람이 서

로 치려고 한꺼번에 달려들다가 충돌이 일어난다. 나도 이런 충돌로 인해 두 번이나 부상을 입었다. 이는 파트너와 애매한 볼 처리를 누가 우선적으로 할 것인지 등에 대해 사전에 충분한 소통, 약속이 없었기 때문에 발생한 것이다.

(3) 상대방이 친 볼에 맞아서 생기는 부상

테니스를 치다 보면 상대가 친 볼을 피하지 못하고 얻어맞을 수 있다. 파트너 혹은 내가 친 볼이 상대방에게 스매싱하기 좋게 넘어갔을 때, 상대방이 스매싱으로 내려치면 앞에 서 있는 플레이어는 그 볼을 피할 수가 없다. 결국 꼼짝없이 몸에 얻어맞고 만다. 허벅지에 맞기도 하고 갈비뼈 부근에 맞기도 한다. 가장 위험한 경우는 그 볼이 안면을 때리거나 신체의 중요 부위에 맞는 경우다. 이러한 부상을 당하지 않기 위해서는 볼에 집중하면서 항상 라켓을 들어 자신을 보호해야 한다. 나도 운동 중 상대방의 스매싱에 허벅지 부근을 얻어맞아 한 달 이상 그곳이 퍼렇게 멍들기도 했다.

(4) 노화로 인한 질병

나이가 들수록, 소위 연식이 오래될수록 유전성 질환도 나타나기 시작하고 간은 좋으나 위는 상대적으로 약하다든지 몸의 약점이 하나

둘 모습을 드러낸다. 노화는 어디에서 문제를 일으킬지 모른다. 항상 체크하여 몸과의 소통을 통해 해결해줘야 건강한 생활을 유지할 수 있다.

5

노상병에 얽힌 이야깃거리

1) 부상이나 질병을 막으려면 항상 몸과 소통하며 대비하라

　부상은 다른 사람이 아니라 내가 입는 것이다. 결국 나만 손해다. 그러면 어떻게 해야 부상을 입지 않고 테니스를 할 수 있을까? 준비와 대책 없이 운동하면 부상이 찾아온다. 따라서 항상 긴장하며 몸과의 소통, 파트너와의 소통이 필요하다. 마음은 직접적으로 말로 몸에게 이야기한다. 그렇지만 몸은 아프다는 것을 간접적인 방법으로, 알 듯 말 듯 하게 신호만 보낸다. 이런 몸의 말에 귀를 기울여야 하지만 그렇지 못하면 몸의 말을 놓치고 만다. 몸에 탈이 나고서야 뼈저리게 알게 된다. 따라서 몸의 말을 정확히 듣고 그 말에 따라 잘 대비해야 한다. 최종 목표는 몸과 마음 간의 공생, 공존, 공영이다.

① 테니스는 자신의 몸을 전부 활용해야 하는 운동이다. 어느 한 부분에서라도 문제가 생기면 몸의 밸런스는 깨진다. 테니스를 제대로 치기 어렵다.

② 경기를 시작하기 전에 충분한 준비운동을 하는 것은 필수적인 과정이다. 자신의 근육에 미리 지금 운동을 시작한다고 통보하여 준비하도록 하는 것이다. 이런 준비도 없이 갑작스럽게 운동을 해버리면 몸에 무리가 가서 부상을 입을 수 있다.

③ 자기 몸의 말을 잘 들어 사전에 필요한 조치를 취해야 한다. 즉, 무릎 보호대, 팔목 보호대, 엘보 보호대, 테이핑 등을 해주는 것이다. 그리고 운동 중이나 운동 후에 일어날 수 있는 몸의 거부 반응, 예를 들어 근육 경련 등에 대해서는 미리 준비한 물파스 등 소염제로 대응할 수 있어야 한다.

④ 몸을 보호하기 위한 운동장비를 제대로 갖춰야 한다. 예를 들어 미끄러질 수 있는 클레이 코트보다는 미끄러지지 않는 하드 코트에서 발목이 꺾이거나 발가락이 골절되는 부상을 입기 쉽다. 이런 경우를 대비하여 발목을 최대한 보호해줄 수 있는 운동화를 착용하는 것이 바람직하다. 또한 팔과 어깨에 발생할 수 있는 엘보를 막기 위해서 볼을 쳤을 때 전달되는 라켓의 진동을 최소화할 수 있는 고품질의 라켓을 사용하는 것이 좋다.

⑤ 기능성 옷을 착용하여 무더운 여름 기온이나 영하의 겨울 한파에도 몸을 보호할 수 있어야 한다. 여름에는 땀을 잘 배출하되 통기성이 좋은 운동복을 착용한다.

⑥ 운동 후 온욕 등으로 근육을 풀어주는 마무리가 중요하다. 오늘

만 운동하는 것이 아니고 내일도 해야 하므로 오늘 잘 쓴 내 몸
을 온욕을 통해 제대로 풀어주는 것이 필요하다.
⑦ 라켓을 항상 가슴 높이 이상으로 들고 무릎을 낮추면서 갑자기
자신의 머리나 몸으로 오는 볼에 대비해야 한다. 특히 얼굴 부분
을 얻어맞지 않도록 방어하는 것이 필요하다.

2) 다른 사람의 상병에서 배워라

(1) 그래도 참아야 한다

◦ *아무리 테니스를 치고 싶어도 참아야 할 때는 참아라. 자기*
부터 실천해야 한다.

한때 나와 대학 단체전 장년부 파트너였던 그는 신경외과 전문의
였다. 그는 후배들에게 항상 테니스를 칠 때 생기는 부상, 특히 아킬레
스건이 끊어지지 않도록 조심할 것을 이야기했다. 그런데 어느 날 테니
스 치다가 그만 그의 오른발 아킬레스건이 끊어지고 말았다. 회복하는
데 무려 6개월이 걸렸다. 아내로부터 당신은 남한테 조심하라고 조언하
면서 당신 자신은 왜 지키지 못하는지에 대해 많은 지적을 받았다고 한
다. 그러던 중 단과대학 대항 테니스 단체전이 열렸다. 그는 그가 속한

대학팀의 주장교수였지만 출전은 하지 못했다. 왜냐하면 그의 아내도 함께 와서 그가 절대 테니스를 하지 못하도록 참관, 아니 감독하고 있었기 때문이다. 그런데 문제는 그의 아내가 친구의 전화를 받고 잠깐 외출한 사이에 발생했다. 테니스 치고 싶어서 근질근질하고 있다가 기회를 맞은 것이다. 바로 장년부 선수로 나서 우리 팀과 상대했다. 나의 파트너가 로빙을 띄웠다. 그가 받으려고 뒷걸음질을 쳤다. 그리고는 뚝하는 소리가 들렸다. "아, 나갔다. 아이고 마누라, 또 6개월이네"라는 말도 들렸다. 이번에는 왼쪽 아킬레스건이 나가버린 것이다. 아내가 그렇게 신신당부했건만 잠깐 자리를 비운 사이 그새를 못 참아 기어코 사고를 치고 만 것이다. 그의 아킬레스건은 평소에 테니스를 치지 않아 긴장이 풀려있었는데 주인이 갑자기 뛰다 보니 견디지 못하고 그냥 끊어져버린 것이다. 우리 몸 근육은 주인이 얼마나 자신을 사랑하는지, 평소에 자신을 얼마나 어떻게 쓰는지를 기억하고 있다. 그런데 근육이 기억하고 준비하는 것 이상을 갑자기 요구했을 때 그 명령을 이행하려다가 그만 끊어지고 마는 것이다. 테니스장에 대학병원 응급차가 달려오고, 그가 전공하는 신경정신과 후배들의 손에 이끌려 병원으로 옮겨졌다. 그는 평소 그의 전공이라서 전문가답게 아킬레스건이 끊어지지 않도록 운동하려면 어떻게 주의해야 할지를 말했었다. 그런데 그는 다른 사람에게는 꼭 지키라고 하면서도 정작 자신만은 예외로 처리한 것이다.

(2) 의술이 좋아졌다. 그래도 길게 봐서 자제해야 한다

- 테니스 중독은 태생태사란 말인가?
- 의술의 발달은 사람의 팔다리를 리모델링 한다.
- 불사조가 될 수는 없다.

나와 동갑내기인 허 선생이 있다. 그는 테니스 지도자다. 둘이서 전국대회 65세부 왕중왕전에 출전하여 우승했다. 그런데 테니스를 너무 많이 해서인지 그의 오른쪽 무릎이 나갔다. 명의를 만나 인공관절을 넣은 다음 다시 테니스 라켓을 잡았다. 그러다가 이번에는 오른팔 회전 근육이 나갔다. 또 수술하고 재활에 성공하여 테니스를 쳤다. 그런데 이번에는 왼쪽 무릎이 나갔다. 전에 수술했던 병원(?)에 입원하여 또 무릎 수술을 받았다. 이번에도 성공했다. 그다음에는 어깨 회전 근육이 나가서 또 수술했다. 성공했다. 그래서 지금도 다시 테니스를 친다. 대전에서 열리는 시합에서 가끔 그를 만난다. 전에 둘이서 65세 왕중왕에서 우승하면서 70대가 되면 둘이서 또다시 왕중왕전에 나가자고 했으나 수술을 너무 여러 번 했기 때문인지 이젠 그 이야기를 꺼내지 않는다. 두 무릎과 어깨를 수술했지만 여전히 테니스 라켓을 잡는 그가 존경스럽다. 의술의 발달은 어디까지 이루어질지 알 수 없을 만큼 급속하게 이루어지고 있어서 가까운 미래의 테니스장에는 인공 팔, 인공 다리를 한 사람도 테니스를 즐길 수 있지 않을까 하는 상상도 해본다.

우리는 일심동체가 되었다
(운동과 스마트워치)

반지도, 시계도 차기 싫어하던 내가
내 건강을 총괄 관리해준다는 스마트워치에 그만 넘어가
내 팔목과의 합체를 허락했다.
그렇게 나는 스마트워치와 한 몸이 되었다.

내가 움직이면
마치 삶이란 움직여야 살아있다는 듯 따라 움직인다.
폭우가 쏟아지건, 폭설이 내리건
어제 덜 움직였건, 오늘 더 걸었건
주인장이 오늘 얼마나 운동했는가만 기록할 뿐이다.
마치 삶이란 오늘을 사는 것이라는 듯

그가 "축하합니다, 오늘도 성공하였어요" 하면
사관(史官)처럼 날 지켜보는 그에게서 벗어나는 것이지만
미달이라고 하면 그가 강요한 것도 아닌데
부족한 운동량을 채우기 위해 운동장으로 나서는 나를 보면
이젠 내 몸의 주도권이 그에게 있는 듯

그의 조언에 따라 내가 건강하면 되는 것이지
누가 주도권을 쥐건 그게 무슨 상관이랴
성공할수록 더욱 커지는 신뢰감이여
이제 우리는 운동에 관한 한 한통속이 된 것이다.

그가 이렇게 내 몸의 일부가 되다 보니
갈수록 호감도가 높아졌다.
이런 추세라면 업그레이드 될 스마트워치에게
또 손목 잡히는 것은 시간문제일 뿐

GAME POINT

별별 애기(愛記)로
수다 떨기

1

시니어들의 건망증 소동

◦ **웃을 일이 아니다. 당신도 미시**(아직 시니어가 아닌 상태, 시니어가
될 사람)**일 따름이다.**

시니어끼리 하는 테니스 게임을 보면 게임 카운트나 스코어에서의
억지 주장, 인 아웃 말다툼과 우기기, 물건 아무 데나 놓고 가기 등 웃지
못할 에피소드가 생긴다. 그 이유는 무엇일까?

첫째는 건망증이다. 기억력이 잠깐 그리고 자주 나들이 나가버리
는 것이다. 둘째는 노쇠하여 시력도 안 좋고, 청력도 안 좋다 보니 벌어
지는 현상이다.

건망증은 조금 시간이 지나면 다시 돌아오기도 한다. 그러면서 내
가 젊어서는 이러지 않았는데 하며 자괴감을 갖는다. 그렇지만 나쁜 기
억은 빨리 없애려는 심리에 따라 지나간 것들은 잘 잊어버린다. 아니,

잊어버리려 한다. 이러한 노화에 따른 건망증은 어쩔 수 없을 것이다. 젊은이들이여, 이런 건망증을 비웃지 말라. 그대들도 미래에는 다 늙는다. 젊은이라는 것은 소위, 미노(아직은 노인이 아닌), 미시(아직은 시니어가 아닌)일 따름이다. 세월이 가면 다 노인이 되고 시니어가 되면서 이런 웃픈 모습을 겪게 된다. 그냥 웃으며 그러려니 하는 것이 오히려 속 편한 일이다. 시니어 대회에서 오늘 또 어떤 건망증으로 인한 사단이 벌어지면서 사람들을 웃게 할지 알 수 없다. 어떻든 이들은 모두 노화에서 생기는 자연스러운 현상이다. 그래서 어떤 사람은 나이가 들수록 인 아웃, 카운트 등을 먼저 부르지 않으려 한다. 자신이 잘못 알고 있을 수도 있기 때문이다. 그래서 심판을 별도로 두지 않는 셀프 저지(자체 심판, self judge)에서는 포인트마다, 게임마다 큰 소리로 서로 포인트, 게임 카운트 및 스코어를 외치는 습관을 들여야 한다고 말한다. 포인트나 게임 스코어를 자주 까먹게 되면 치매로까지 진전될 수 있으므로 이런 방식을 쓰면서 기억하려고 애쓰는 습관을 들이는 것이 필요하다.

1) 물병을 어디에 두었더라?

여름에 테니스 치다 보면 다들 자기 라켓과 물병 등을 가지고 나온다. 그런데 테니스가 끝나고 돌아갈 때는 자기가 가지고 온 것이 무엇이었는지를 잘 잊어버린다. 특히 물병 같은 것은 기억상실 단골 메뉴다. 심지어는 라켓도 그냥 두고 간다. 집에 가다가 혹은 집에 가서야 문득 물병이나 라켓을 두고 왔구나 하는 생각이 들어 다시 테니스장으로 돌아오는 것이다. 그래도 이렇게 기억이 빨리 되돌아올 수 있다는 것은 아직 괜찮다는 이야기다. 그런데 대부분은 까마득하게 잊어버리고 집에 도착했는데 누가 전화해서 "혹시 라켓 두고 갔느냐?"라는 전화를 받게 되면 그때야 "아하 맞아, 내가 두고 왔어"라고 한다. 그런데 어떤 사람은 실제는 라켓을 잘 챙겨왔으면서도 이런 전화를 받으면 무조건 놔두고 왔다고 말하기도 한다. 본인이 전에도 이렇게 물건을 잘 놔두고 다녀서 습관적으로 자신이 잊어버린 것이라고 생각하는 것이다.

2) 건망증도 나이가 먹을수록 자라난다?

시니어 테니스인들의 건망증은 그 정도에 따라 하·중·상 세 가지 부류로 나눌 수 있다.

첫 번째 부류는 가장 낮은 건망증으로 아직은 양호한(?) 수준이다. 즉, 실제로 자기가 두고 온 물병이나 라켓에 대해 까맣게 잊어버렸지만 전화를 받으면 "아, 내가 라켓을 두고 왔구나" 하고 기억을 바로 되살리는 유형이다.

두 번째는 중간 수준의 건망증이다. 실제 라켓이나 물병을 잘 챙겨왔으면서도 전화를 받으면 무조건 내가 잊어버렸을 것이라고 생각하며 "맞아, 내 것이야"라고 답하는 경우다. 여기에 속하는 사람들은 그간 하도 많이 잊어버려서 이런 이야기만 나오면 무조건 자기일 것이라고 여

겨버리는 것이다. 건망증이 상당히 무르익은 상태다.

세 번째는 가장 심한 수준의 건망증이다. 이들은 별로 기억하는 것이 없다. 즉, "혹시 물병이나 라켓을 두고 가지 않았느냐?"라는 전화를 받아도 라켓이나 물병을 내가 챙겨왔는지에 대해 전혀 기억이 없다. 오히려 누가 정신머리 없이 물병이나 라켓을 운동장에 그냥 두고 갔느냐며 나무라기까지 한다. 그가 바로 건망증 챔피언이다. 그 사람에게는 라켓이나 물병을 코앞에 들이대면서 이게 당신 것이 아니냐 물으면 그때 가서야 "아이고, 내 것이네. 어떻게 물병(라켓)이 거기 있었지"라고 말한다. 이런 상태의 건망증은 나중에 치매로까지 이어질 수 있으므로 테니스 게임을 하면서도 항상 카운트를 부르고, 평소에 자신의 물건을 기억하려고 노력하는 습관을 들이는 것이 필요하다. 치매 검사 및 치료도 생각해야 하는 수준이다.

3) 카운팅이 뭐더라?

시니어가 되면 일반적으로 기억력이 많이 떨어진다. 기억이라는 놈은 주인이 허락을 하든지 말든지 자기 마음대로 어디론가 나들이 가버린다. 그러다 보니 게임 포인트나 스코어를 잊어버리는 현상이 일어난다. 현재의 게임 스코어가 2대3인지 2대2인지 잘 모르는 것이다. 또현재 게임의 포인트가 30대40(서티 포티)인지 40대30(포티 서티)인지 알지못한다. 그러다가 어느 한 사람이 포인트나 스코어에 대해 이의를 제기하면 그때부터 문제가 발생한다. 다들 자기가 생각하는 스코어나 포인트가 옳다고 주장한다. 이때 가장 웃기는 것은 잘못 알고 있는 사람이 오히려 더 큰 소리로 우긴다는 것이다. 그리고 이 큰 소리의 기에 눌리면 잘못된 스코어나 포인트를 그냥 인정하고 경기가 진행되기도 한다.

이처럼 잘못된 포인트나 스코어 콜에 대해 끝까지 우기면 문제가 커진다. 셀프 저지(자체 심판) 시스템을 적용하기 때문에 심판도 없으니 무엇이 옳은지를 밝히기가 사실상 어렵다. 한참 동안 시비가 벌어질 수밖에 없다. 설사 동호인 중 한 사람이 자진해서 심판을 보고 있다고 해도 공식 심판이 아니니 못 믿겠다고 하며 쫓아버리기도(?) 한다. 그러면 심판을 봐주던 그 동호인도 "나도 이런 심판 안 봐" 하면서 자리를 박차고 가버린다. 이렇게 되면 대부분 경기를 멈추고 하나하나씩 포인트와 스코어를 복기해서 아귀를 맞추면서 다수가 합의하는 방법으로 해결을 시도한다. 그렇지만 당초에 주장했던 사람이 완전히 승복하는 것은 아니다. 다수가 합의하여 그렇다 하니 자기의 주장을 일시적으로 접었을 뿐이다. 마음속으로는 자기가 옳다는 소신에 변함은 없다. 그런데 이 문제를 자체적으로 해결하지 못하면 대개 여러 사람이 중재해서 '레트(let, 다시 하는 것)' 선언을 유도한다. 이처럼 오직 나만 옳고 다른 사람은 틀리다 하며 우겨대는 장면을 젊은 사람들이 보면 '노인들이라 별수 없구나' 하는 생각을 갖게 할 것이다.

4) 인 아웃에 목숨을 걸어라?

나이가 들수록 청력과 시력이 떨어진다. 셀프 저지로 심판 없이 셀프 카운팅을 하다 보니 인(라인 안)과 아웃(라인 밖)을 두고 시비가 벌어질 수 있다. 이런 시비가 쉽게 해결되지 않을 때는 목소리가 커진다. 그다음에는 인 아웃이라는 본래의 다툼 때문이 아니라 다툼 중에 터져 나온 말 몇 마디 때문에 시비가 커지고 만다. 즉, 시비를 거는 사람에게 상대방이 "당신은 항상 그래"라는 말을 하게 되면 이젠 이 말을 꼬투리 잡아 더욱 언성이 높아지면서 엉뚱한 말싸움으로까지 번지게 된다. 이런 상황을 젊은이들이 본다면 영락없이 시니어들이 철없는 아이들 같다고 할 것이다. 틀린 말이 아니다. 나이 들면 아이처럼 된다고 하는 것이 꼭 맞는 말이다.

5) 레트(let)인가 레트가 아닌가?

서비스가 잘 들어갔으나 네트를 터치했을 경우 '레트'라 하며 서브를 다시 넣는다. 국제대회 같은 곳에서는 네트에 센서를 설치하기 때문에 스치기만 해도 바로 레트가 선언된다. 물론 일반 동호인대회에서는 이런 센서가 없다 보니 한쪽에서는 레트라 하고 다른 쪽에서는 아니라고 하는 다툼이 발생한다. 레트를 부른 팀에서는 볼이 네트에 닿았기 때문에 안 받았다고 하는데 서비스를 넣는 쪽에서는 아무 소리도 나지 않았는데 볼을 왜 안 받았느냐며 당연히 한 포인트를 자기들이 딴 것이라고 주장하는 것이다. 서로 잘 듣지 못했으나 증거 영상이 없기 때문에 결국 레트를 선언할 수밖에 없다. 그렇지만 계속 조정이 안 되는 경우에는 대회 본부의 심판위원회를 불러야 한다. 이런 경우도 결론은 대부분이 레트다.

6) 나는 풋 폴트(foot fault)를 절대 안 한다?

서비스를 넣을 때는 당연히 베이스라인을 터치하거나 넘어서면 안 된다. 즉, 풋 폴트를 범하지 않아야 한다. 이 때문에 대회 때마다 경기 유의사항 중 단골로 등장하는 말이 "풋 폴트를 하지 맙시다"이다. 그러나 상당히 많은 사람이 풋 폴트를 한다. 자신은 풋 폴트를 전혀 하지 않는다고 큰소리를 치지만 다른 사람이 보면 풋 폴트가 틀림없다. 어떤 사람은 아예 베이스 라인에서 한 발짝 안으로 들어가서 서브를 넣기도 한다. 테니스를 처음 배울 때부터 그렇게 해온 것이다. 이것을 보고 상대방이 "풋 폴트 좀 하지 맙시다"라면서 일차적으로 경고한다. 그렇지만 셀프 저지를 하고 있으니 풋 폴트라고 입증하기가 쉽지 않다. 풋 폴트를 지적하는 말을 들었을 때 상대방의 반응은 ① 알았다고 하면서 계속 풋 폴트를 하는 스타일, ② 당신은 안 하느냐고 반박하며 대드는 스타일, ③ 자기는 조금밖에 안 한다며 자기 합리화를 하는 스타일 등 다양하다. 준결승 등 4강에 진입하게 되면 셀프 저지가 아니라 심판을 두어 진행하게 되므로 더 이상 풋 폴트를 밤하기는 어렵게 된다.

7) 나이도 억지 쓰면 된다?

시니어대회는 대개 60세 이상, 65세 이상, 70세 이상, 75세 이상, 80세 이상 등으로 연령을 구분하여 신청한다. 그리고 연령별 부서에서는 다시 이를 금배부와 은배부로 나누어 조를 편성한다. 그러므로 자신이 신청할 때 나이대는 어디이며 금배부인지 은배부인지 등을 명확히 하여 신청해야 한다. 예를 들어 내가 75세 이상이고 금배부라면 75세부 금배부로 신청해야 하는 것이다. 대회에 따라서는 80세부를 두기도 한다. 그러나 대부분의 대회에서는 자기 연령보다 낮은 연령대에 출전하는 것은 허용하고 있다.

대회 진행 본부에서는 각 신청자가 연령대에 맞게 신청했는지, 그리고 금배부인지 여부 등을 검토한다. 대개 신청한 대로 조를 편성하지만 혹시 연령을 다르게 신청한 사람이 있을 수 있으므로 참가자는 전원 사진이 첨부된 주민등록증이나 운전면허증 등을 지참하도록 하고 있다. 상대방이 연령 확인을 요청하면 바로 제시할 수 있어야 하는 것이다. 가끔은 젊은 사람이 자기 나이보다 높은 연령대의 부서에 신청하기도 하기 때문이다. 주민등록증을 보자고 요구하면 깜박 잊었다고 변명하거나, 주민등록증은 없지만 내 얼굴을 자세히 보라면서 모자를 벗어서 자신의 대머리를 내미는 웃기는 일이 일어나기도 한다. 이때 그 참가자를 아는 사람이 있으면 대머리도 통하지 않는다. 그 사람들이 4강까지 진출하면 들통날 가능성이 커지기 때문에 발에 쥐가 나서 더 이상 테니스 치기가 어렵다며 슬그머니 기권하기도 한다. 대회를 주최하는 각 협회에서는 들통나버린 이런 사람들에게는 다음 대회에 출전을 할 수 없도록 하고 있다.

8) 미스 콜(miscall)도 부른 사람이 임자다?

볼이 지면에 떨어지기도 전에 미리 인 또는 아웃이라고 불러버리는 경우, 미스 콜이 된다. 미스 콜은 원칙적으로는 잘못 부른 팀이 한 포인트를 잃게 된다. 그렇지만 셀프 저지인 상태에서 이를 입증할 수 없기 때문에 대부분 그냥 넘어간다. 그렇지만 상대 팀에서 미스 콜로 인해 경기 방해를 받았다고 문제를 제기하면 다툼이 시작된다. 심판 없이 진행되는 아마추어 경기에서는 대개 내가 무슨 미스 콜을 했냐며 시비가 붙는다. 미스 콜에 대해서는 테니스협회 규정에 분명히 해서는 안 된다고 나와 있지만 앞에서 이야기한 바와 같이 주장은 있지만 증거는 없으니 대부분의 결론은 레트 선언이다. 미스 콜에 따른 다툼을 미리 방지하기 위해 경기요강에 '미스 콜은 적용하지 않음'이라고 분명히 공시하기도 한다.

2

전국 시니어테니스대회의 모습

○ 이 글의 내용은 내가 주관적으로 재미 삼아 쓴 것이니 공감
하기 어려운 부분도 많을 것이다.

코로나19로 인해 막혔던 시니어테니스대회가 2022년 5월 이후부
터 전국 곳곳에서 봇물 터지듯 열리기 시작했다. 시니어테니스 동호인
들로서는 얼마나 기다렸던 대회인가! 전국의 칼잡이(테니스 마니아들은 라켓
을 칼에 비유함)들이 서로 만날 수 있는 광장이 열린 것이다. 별의별 사람들
이 참가한다. 2023년도에는 완전 정상화되었고, 대회 참가자의 숫자도
늘었다. 대회에 참가하는 것은 테니스인의 멋이며 맛이다. 우리나라에
서 열리는 시니어테니스대회의 별별 모습을 정리해보면 다음과 같다.

1) 시니어테니스대회의 부별 구분

현재의 시니어테니스대회는 연령대를 기준으로 경기를 치르고 있다. 즉, 60세부, 65세부, 70세부, 75세부, 80세부 등 5년 단위로 부를 구분하고 있다.

① 시니어부는 60세부(60~64세), 65세부(65~69세), 70세부(70~74세), 75세부(75~79세), 80세부(80세 이상) 등으로 나눈다.
② 연령별로 편성된 조에서는 다시 출전자의 테니스 수준에 따라 금배부와 은배부로 구분한다.
③ 페어로 출전을 접수하는 시니어테니스대회의 팀 구성에 대해서는 페어 허용기준을 별도로 정해서 공지하고 있다.
④ 페어로 출전하는 아마추어 여성오픈테니스대회에서는 개나리부와 개나리부 우승자인 국화부 등으로 구분한다.
⑤ 대한테니스협회 등 관련 시니어테니스협회에서는 대회 개최를 고시할 때 각부별 구분과 참가자격 등을 공고하고 있다.

2) 경기 운영 방식

① 대부분의 대회는 대회 1주일 전에 참가 접수를 마감한다.
② 개인 복식 1세트로 진행한다. 대부분 6게임, 노 애드(no ad), 5대5

타이브레이크 게임으로 하고 있다. 타이브레이크에서 다시 6대 6이 된 경우, 한 포인트, 즉 7포인트를 먼저 얻는 팀을 우승자로 하거나 듀스 게임으로 2포인트를 먼저 딴 팀을 우승자로 결정한다.

③ 대부분 하루에 대회를 마무리 짓는다. 다만, 활용 가능한 코트장이 많지 않거나, 참가자가 많은 경우에는 이틀에 걸쳐 경기를 진행한다. 연령대별 혹은 금배부·은배부별로 구분하기도 한다.

④ 경기는 별도로 심판을 두지 않고 셀프 저지(자체심판)로 진행한다.

⑤ 연령대·부별 참가자 중 당일 규정된 시간 내에 도착하여 참가자 등록을 한 사람들을 대상으로 파트너를 추첨하여 조를 편성한다.

⑥ 미리 작성된 예선대진표 및 본선대진표로 경기를 진행한다.

⑦ 경기 도중 일기가 안 좋아지거나 기타 부득이한 사유로 경기를 정상적으로 진행하기 어려울 때는 대회 본부가 게임방식을 다양하게 변경하여 승부를 결정짓는다. 즉, 2대2부터 시작하기도 한다. 그리고, 정상게임에서는 6게임 선취, 6대6인 경우 타이브레이크로 승부를 결정하지만 부득이한 경우 다음과 같이 단축하여 게임을 진행한다.

㉠ 1세트 5게임 선취 시 승리하는 게임방식, 다만 4대4인 경우 타이브레이크를 적용하되 7포인트 선취 시 승리하는 것으로 한다. 듀스게임을 적용할 수도 있다.

㉡ 1세트 4게임 선취 시 승리하는 게임방식, 다만 3대3인 경우 타이브레이크를 적용하되 7포인트 선취 시 승리하는 것으로

한다. 듀스게임을 적용할 수도 있다.

⑧ 참가자 및 입상자에 대해서는 테니스 랭킹포인트가 부여된다.

⑨ 시니어테니스대회에 참가하는 여성의 경우에는 대회규정에 따라 본인의 나이에 5 또는 10을 더하여 산정된 나이에 해당되는 연령의 부로 참가 신청할 수 있다.

⑩ 자기의 실제 연령대보다 높은 연령대의 부로 신청하는 것은 제한된다.

⑪ 조편성은 상급자끼리 파트너가 되는 것을 최대한 막는 방향으로 한다.

3) 대회 신청자에 대한 점검 : 연령, 금배부, 선수출신 여부 등

참가자가 자기의 연령대에 적합하게 신청했는지, 그리고 참가자가 자기의 수준에 맞는 금배부 또는 은배부로 신청했는지를 검토한다. 이때 선수출신으로 확인되는 경우에는 선수출신 참가 규정에 따라 처리한다. 금배부 이외의 참가자는 전부 은배부로 편성된다. 대부분의 대회에서는 참가자가 자기 연령대보다 아래의 부로 신청하는 것은 허용하고 있다. 이때 낮은 연령의 부에 속하는 참가자가 높은 연령의 부로 신청했는지, 금배부인데도 은배부로 신청한 사람은 없는지 등도 검토한다. 이런 검토가 끝나고 참가자 접수가 마감되면 각부별 파트너를 결정할 수 있다. 그런데 부별 참가신청자 수가 홀수인 경우 또는 당일 참가자 등록 결과 홀수가 되어버린 경우에는 당사자의 동의를 얻어 부를 조정할 수 있다.

4) 파트너의 추첨과 경기 진행

① 대회본부에서 당일 소정 시간까지 참가 출석 등록을 마감한 다음, 출석한 사람을 대상으로 조를 확정한다. 이때 대진표도 확정 짓는다.

② 예선이 끝난 다음 본선에서의 대진은 미리 편성된 대진표대로 경기를 진행한다. 그런 다음 금배부·은배부별로 우승, 준우승을 결정한다. 그러나 통합하여 운영할 필요가 있을 때에는 60~69세까지의 금배부와 은배부, 70~79세까지의 금배부와 은배부 결승자들을 교차통합하여 결승전을 치르기도 한다. 즉, 60세부(60~64세), 65세부(65~69세)에서 금배부와 은배부의 우승팀 등 네 팀을 교차편성하여 결승전을 치름으로써 60대 조 통합 우승, 준우승, 공동 3위를 결정한다. 70세부(70~79세)도 마찬가지 방식으로 우승, 준우승 및 공동 3위를 결정한다.

③ 미리 파트너를 정해서 경기참가 신청을 받는 시니어테니스대회나 아마추어 전국여성테니스대회는 파트너 추첨을 하지 않고 참가팀의 출석을 확인한 다음 바로 진행한다.

5) 다양한 참가자들

(1) 참가 목적별

① **상출형(막출형): 원근 불문, 장소 불문, 시기 불문하고 항상 출전하는 유형이다.** 이들은 대회가 어디에서 열리건 무조건 참가한다. 어떻게 보면 이들이 바로 진정한 테미이며 경기 출전 중독자들이다.

② **투어형:** 이들은 테니스보다는 그 지역 투어를 더 중시한다. 테니스대회에 참가한다는 명분은 있지만 사실은 지인들과 만나는 재미, 지역의 맛집을 탐방하고 즐기는 재미, 지역의 볼거리를 관광하는 재미 등을 중시하는 테니스 투어리스트(tourist)들이다. 이들은 가족을 동행하거나 서로 마음이 맞는 사람들과 함께 와서 1박 이상을 하면서 지내다 간다. 경기가 열리는 지역에 거주하는 친지와 미리 연락하기도 하고, 사전에 그 지역의 특산물, 음식, 친척, 동창, 볼거리 등을 검색하여 어디에서 무엇을 어떻게 즐길지에 대해 계획하고 온다. 그들은 여행 삼아, 구경 삼아, 재미 삼아, 술 한잔 마시며 즐기려고 참가하는 것이다. 따라서 이들은 대회장소의 원근에 불구하고 명소가 있으면 꼭 참여한다.

③ **심사숙고형, 계산형:** 이들은 거리, 시간, 자신의 랭킹 포인트 관리 등 여러 조건을 합리적으로 고려해서 출전한다. 이들은 어느 대회가 포인트를 얼마나 부여하는지, 누가 참가하는지 등을 미

리 파악하고, 접근성 등을 참작하여 참가 여부를 결정한다. 이 유형의 참가자들은 테니스 자체를 가장 중시하며, 자기관리에 철저한 상급자들이다. 대부분이 시합만 끝나면 바로 귀가한다.

④ **사교형 참가자**: 이들은 사람들과 어울리는 것을 좋아한다. 그들은 수동형, 온정형이라고도 할 수 있다. 즉, 본인이 딱히 좋아해서 참가하는 것이라기보다는 친구들과 함께 "하루 놀러 가자. 차편은 걱정하지 않는다"라면서 동참한다. 적극적이지는 않지만 매우 테니스를 사랑하며 인간적인 유형이다.

(2) 파트너의 출신별 및 경기 스타일별 유형

파트너란 당일 페어(pair)가 되어 한 팀을 이루게 된 짝이다. 전국에서 열리는 시니어테니스대회의 경우, 대부분 잘 모르는 사람과 파트너가 된다. 파트너가 누가 되느냐는 당일 테니스 시합을 좌우할 정도로 영향력이 크다. 그런데 누가 오늘의 내 파트너가 될지는 내가 결정할 수 있는 영역 밖의 일이다. 내가 할 수 있는 일은 내가 상대에게 좋은 파트너가 되도록 하는 일일 것이다. 경험을 바탕으로 파트너를 출신별 및 경기 스타일별로 유형화시켜본다.

① 출신별 유형

첫째는 그가 과거에 선수 생활을 한 사람이냐 아니냐에 따라 **선출형**(선수 출신)**과 비선출형**(비선수 출신)으로 구분할 수 있다.

둘째로 비선출형은 다시 어디에서 테니스를 치는가에 따라 **동테**(동네 테니스, 동아리 테니스), **직테**(직장 테니스), **무소속**(레슨은 받지만 테니스클럽에는 가입하지 않은 상태) 등으로도 나눠볼 수 있다.

셋째로 비선수 출신은 실력이 어느 정도인가에 따라 **테린이**(혹은 테른이)냐 아니냐로 구분할 수 있다. 테린이란 소위 테니스를 시작한 지 얼마 안 되며, 전국대회에서 한 번도 입상해보지 못한 유소년이다. 이에 대해 테른이란 어른이지만 아직 입상한 적이 없는 테니스인들이다. 은배부에서 두 번 우승하게 되면 금배부로 구분된다.

② 경기 스타일별 유형

테니스 파트너의 경기 스타일은 매우 다양하다. 그렇다고 파트너에게 무엇이 옳다고 강제할 수도 없다. 최종 목표는 우승이므로 서로의 힘을 모아야 하는 것만은 분명하다.

▮고집불통 꼰대형

왕년에 테니스 우승도 했단다. 그래서 평생 해오던 테니스 스타일을 절대 바꿀 수 없단다. 파트너가 상대 팀을 이기려면 이러이러한 작전을 해보는 것이 좋지 않겠는가 하고 의견을 말해보지만 전혀 듣지 않는다. 그러다가 일언지하(一言之下)에 그냥 각자 스타일대로 하자고 해버린다. 이런 파트너와 만나면 대부분 파트너십 효과를 기대하기 어렵다. 이들은 승패에 대해 별 관심을 보이지 않는다. 따라서 테니스도 소위 "모 아니면 도다" 하는 식으로 쳐버린다. 어떻게 보면 그들은 사실상 테니스 **자기도취형, 막가파형, 자기몰입형, 책임회피형**이다. 즉 자기는 소신껏 잘하고 있으니 자기에 대해서는 관심을 끄고 너나 잘하라는 유형이다. 파트너가 조금 더 네트 앞으로 들어가거나 아니면 아예 베이스라인(base line)에 물러나 있거나 하면 좋을 것이라고 말해보지만 기어코 서비스라인과 베이스라인 중간, 즉 소위 사각지대에서 테니스 친다. 결코한 발짝도 앞뒤로 움직이지 않는 것이다. 자신이 이 테니스 스타일로 평생 해왔기 때문에 절대 바꿀 수가 없다는 소위 **고집불통, 독불장군형**이다.

▌**오버페이스**(overpace)**형**

자기 볼이 아닌데도 쳐서 긁어 부스럼을 만드는 유형이다. 테니스는 자기 볼이 아니라 파트너가 쳐야 할 볼이면 절대 치려고 해서는 안된다. 즉, 파트너가 쳐야 하는 것이다. 이처럼 자기 볼이 아닌 볼에 자꾸 라켓을 내밀어서 파트너도 못 치게 해버리면 게임의 흐름이 깨질 수밖에 없다. 그리고 이런 동작으로 자기가 에러를 했으면 "미안" 혹은 "쏘리"라고 말하며 사과하는 것이 기본이지만 파트너에 따라서는 자기 잘못은 아니라는 듯 시치미를 떼고 게임하는 사람이 있다. 이에 대해 뭐라도 이야기하면 잔소리한다며 오히려 되받아친다. 그러니 무슨 소통이 이루어질 수 있겠는가!

▌**미숙형**(초출형, 동태형, 테린이형, 테른이형)

생애 처음으로 전국대회에 출전하는 **테린이나 테른이, 동아리 출신, 동네 클럽테니스 출신** 참가자다. 이들은 대부분이 동네 클럽에서만 테니스를 치다가 처음으로 전국대회에 출전한 사람이다. 경기에서

우승하는 것을 목표로 하기보다는 참가하는 것 자체에서 의미를 찾는
다. 대회 경험이 없으니 당연히 실력을 제대로 발휘하지 못한다. 소위
미숙형이다. 테니스 기본기가 아직 완성되지 않았을 뿐만 아니라 경기
출전 경력이 없다 보니 경기 운영이 미숙하다. 이런 파트너를 만나게 되
면 초반전 탈락을 면하기 어렵다.

▮핑계연발형, 떠벌이형, 주의산만(注意散漫)형

테니스가 안 되고 에러가 나는 이유로 엊저녁에 잠을 잘못 잤다든
지, 오늘은 이상하게 컨디션이 안 좋다든지, 어제 마신 술이 아직 덜 깼
다든지, 라켓 거트가 너무 느슨하다든지, 클레이 코트가 아니고 하드 코
트여서 공이 안 맞는다든지, 라인을 잘못 그었다든지 등 엉뚱한 핑계
를 댄다. 대부분의 핑계는 자기가 통제할 수 있는 것에 대한 것이 아니
라 말하지 못하는 제3의 대상에 대해, 즉 바람, 공, 라켓, 날씨, 라인, 관
중 등에 핑계를 대다가 마지막으로 꺼낸 핑계는 "오늘은 이상하게 안
된다"이다. 그런데 핑계는 핑계일 뿐 경기에 전혀 도움이 안 된다. 사
람들은 자신의 실수에 대해 핑계부터 찾는 것이 일반적이지만 그 핑계
가 파트너의 마음을 상하게 해버린다면 역효과만 불러올 뿐이다. **테니
스에서는 핑계가 통하지 않는다. 핑계란 본인의 테니스 실력이 미흡
하다는 증거일 뿐이다.** 파트너가 최선을 다하는 것이 아니라 이런저런
핑계를 대기 시작하면 팀워크는 깨지고 게임 리듬은 떨어지고 만다. 핑
계형은 동시에 **떠벌이형**이다. 게임 내내 쉼 없이 목소리를 높여 핑계를
대기 때문이다. 이렇게 핑계를 대다 보면 주의가 산만해지면서 집중력
이 떨어지게 된다.

▮인 아웃 다툼형

일단 그가 경기에 들어가면 어느 한 경기도 그냥 넘어가는 법이 없이 인 아웃 소동이 일어난다. 심한 경우 언성을 높이며 상대 코트까지 건너가기도 한다. 파트너가 말려도 소용없다. 이러면 파트너가 창피해서 좌불안석이 될 수밖에 없다. 이 유형의 파트너는 여러 번 다툼을 벌인 이력이 있어서 전국에 다 알려진 유명인사다.

▮승부달관형

져도 좋고 이겨도 좋다는 식이다. 승부에 전혀 관심이 없는 파트너다. 경기에 이기려는 마음이 없어서인지 더블 폴트를 하면서도 전혀 미안한 기색도 없다. 파트너가 좌절감에 빠지건 말건 내 탓이 아니다. 상대 팀에게는 기쁨조가 되어도 좋다는 생각이다. 상대방이 이기는 것을 오히려 기뻐하는 것같이 보인다. 이런 파트너를 만나면 어떻게 해볼 수가 없기 때문에 맥이 빠져버린다.

▮책임전가형

실점을 파트너 탓으로 돌린다. 누가 봐도 자신이 실수한 것인데도 전혀 미안한 기색이 없다. 내가 보다 집중했더라면, 보다 잘 넘겼더라면, 보다 제대로 스매싱을 했더라면, 보다 발리를 발밑으로 쳤더라면, 보다 에러를 줄였더라면 좋은 경기결과를 가져올 수 있었을 것이지만 자신의 실수는 실수가 아니라는 듯 행동한다. 파트너십 경기를 제대로 하려면 남의 탓을 찾기보다는 자신의 약점을 제대로 찾는 것이 더 필요하지만 이를 무시한다. 자신의 에러에 대해서는 자신이 인정하지 않아도 파트너가 알고 있고, 밖에서 이 경기를 관람하는 사람들은 더 잘 알고 있다.

▌유명무실(有名無實)형, 용두사미(龍頭蛇尾)형, 과거집착형, 물테형

과거에 몇 번 우승한 적이 있다고 자랑하지만 실제 실력은 별로인 경우다. 과거의 대회에서 좋은 성적을 냈다는 것은 그날 좋은 파트너를 만나 무임승차한 것이다. 현재가 아닌 과거에 사로잡혀 있다. 그간 운동을 안 해서 테니스 실력이 과거에 비해 너무 줄어버린 경우도 해당된다. 자신만 빼고 다른 사람은 "당신은 이제 은배부다"라고 말하지만 이 유형은 그것을 전혀 듣지도 않고 인정하려고 하지도 않는다. 이런 파트너를 만나서 하는 경기는 좋은 결과를 기대하기 어렵다. 물테형이란 물처럼 맥없이 무너지는 테니스를 말한다.

▌주의산만형

분위기를 몹시 산만하게 만드는 파트너다. 이들은 서브를 넣어야 하는데 바로 넣지 않고 갑자기 라인이 잘못되었다고 하거나, 게임 카운트를 틀리게 주장하거나, 게임 도중 코트를 벗어나 수건으로 땀을 닦는다거나, 갑자기 상대방의 서브가 풋 폴트라고 하면서 시비를 걸거나 하면서 경기 리듬을 깨버리는 유형이다. 상대방의 리듬도 깨질 수 있지만 자기 팀의 리듬도 깨질 수 있다는 것을 생각하지 않는다.

▌파이팅형

팀워크를 어떻게든 살리려 한다. 본인이 최선을 다하며 파이팅을 외친다. 실력을 떠나서 아주 좋은 파트너다. 이러한 파트너와는 시너지 효과 내지는 신바람 테니스를 하게 되어 실력 이상의 성과를 낼 수 있다.

3

지피지기: 엉뚱한 결과가 나올 수 있다

1) 제1화: 보이는 것만으로 판단하다가는 큰코다친다

전국교수테니스대회에 단체전 금배부 장년부 대표로 출전했을 때의 일이다. 내 파트너는 체육과 교수였고, 거기에다가 테니스 선수 지도 교수였다. 포핸드, 백핸드, 스매싱 등 기본기가 누가 봐도 교과서(FM)대로였다. 건장한 체격에 제대로 된 기본기를 갖추고 있으니 상대방은 내 파트너를 선출(선수 출신)이라고 봤을 것이다. 그래서인지 상대 팀은 내 파트너에게는 되도록 볼을 주지 않았다. 대신에 볼이 계속 나에게 왔다. 그들로서는 당연한 전략이었을 것이다. 그렇지만 나는 전형적인 전위 플레이어로서 포인트를 잘 따는 구력이 있는데 그것을 몰랐던 것이다. 내게 얌전히 오는 볼을 놓칠 리 없었다. 너무 쉽게 이겨버렸다. 상대방이 전력분석을 잘못한 것이다. 어떻든 우리는 나의 파트너를 다크호스로 내세우고 포인트는 내가 따는 전략이 먹힌 것이다. 역지사지로 생각해보면 다음과 같은 교훈을 얻을 수 있었다.

첫째, 상대를 절대 만만하게 보지 말라. 대학 대표로 오기까지 얼마나 많은 노력을 했겠는가!

둘째, 상대의 전략을 제대로 분석하라. 처음 세운 전략이 잘못되었다고 판단되면 바로 이를 수정해서 대응해야 한다. 이거 아닌데, 아닌데 하다 보면, 즉 소위 '어어' 하다 보면 게임이 끝나 버린다.

2) 제2화: 동호인 시니어 전국대회 첫 출전에서 만난 파트너의 교훈

교수테니스대회만 참가하다가 60세가 넘어 전국시니어테니스대회에 처음으로 출전했을 때다. 첫 데뷔다 보니 주최 측에서는 나를 은배부에서도 최하위 수준, 소위 은B로 분류했다. 추첨을 통해 오늘의 파트너가 결정되었다. 내가 만난 파트너는 은배부지만 입상도 해본 은배부 A였다. 그런데 나의 파트너는 나를 보고 처음부터 실망한 표정을 숨기지 못했다. 그는 그래도 인정받은 은배부 상급자인데, 나는 처음 출전한 소위 동테(동네서 재미로 테니스 하는 사람)로 본 것이다. 내가 그래도 전국교수테니스대회에서 우승까지 한 사람이라고 소개하면서 잘해보자고 인사했으나 전혀 인정해주지 않고 무시하는 표정이 역력했다. 당신 때문에 오늘 시합은 망쳤다 하는 자신의 감정을 숨기지 않았다. 그런데 두 게임 정도 해보니까 상대방이 내 파트너에게 집중공격을 벌이는 것이 아닌가! 상대방은 벌써 나와 내 파트너의 실력을 간파한 것이다. 그의 잔소리 속에서 진행된 경기였지만 그의 잦은 실수로 인해 지고 말았다. 나를 무시한, 스스로 상급자처럼 자화자찬하던 파트너가 오히려 물테(물 테니스), 용두사미형 테니스였던 것이다.

이 시합은 내게 태니스는 복식게임이므로 파트너를 절대 무시해서는 안 된다는 것을 분명히 말해주었다. 그 이후 나는 은배부가 아니라 금배부로 승급하여 시합을 했다. 가끔 시합장에서 그를 본다. 나는 반갑게 인사하지만 그는 아주 어색한 표정을 지으며 멀리 사라져버린다.

일본 테니스의 문화

1) 제1화: 규슈산업대학 다까하시 교수와의 테니스

1990년대 초부터 내가 소속된 대학과 규슈산업대학 상학부가 자매 결연을 맺었다. 그리고 협약에 따라 격년제로 교수와 학생들이 상호 대학을 방문했다. 학생들은 홈 스테이(home stay)를 했다. 규슈산업대학에서 충남대를 방문할 때는 주로 공주나 부여박물관 그리고 서울 경복궁 등을 탐방했다. 나는 우리 대학 단장으로 학생 20여 명, 그리고 교수 두세 명과 함께 매년 후쿠오카를 방문했다. 그러면서 구마모토 아소산, 나가 사키, 아리타, 시모노세키, 기타큐슈공단 등을 견학했다. 이 교류 행사의 공식 일정은 오후 3시에 끝난다. 그 이후부터는 자유시간이다. 나는 방문 때마다 공식 일정이 끝나면 바로 다까하시 교수와 함께 그가 속해 있는 사설 테니스클럽에 가서 테니스를 쳤다. 똑같은 복식경기인데도 우리나라의 테니스 문화와는 여러 가지가 달랐다.

첫째는 게임이 끝나면 반드시 사용한 코트에 브러싱을 하여 다음 팀이 운동할 수 있도록 해주고 코트장을 벗어나서 대기석에 앉아 다음 차례를 기다린다는 점이다.

둘째는 사설 테니스 클럽 코트의 경우, 입회비(일종의 회원권)가 골프 회원권에 맞먹을 정도로 고가이며 또 매년 별도로 연회비를 부부 기준 400만 원 이상 부담하는 매우 비싼 운동이었다. 이에 비한다면 우리나라는 거의 무료 수준인 것이다.

셋째는 테니스 중에 파트너가 실수했을 때는 꼭 "다이조부, 다이조부(괜찮아요), 간밧데, 간밧데(힘내세요, 파이팅)"라고 하며 격려의 말을 해주고 자신이 실수했을 때는 "고멘 고멘(미안해요)"이라고 하며 파트너에 대한 예의를 깍듯이 한다는 점이다. 우리나라에서 파트너가 실수했을 때, 혹은 내가 실수했을 때 서로 아무 말도 하지 않고 그냥 지나가버리는 것과는 사뭇 다르다.

그렇지만 운동이 끝나고 생맥주 한잔 하는 것은 마찬가지였다. 테니스가 끝나면 다까하시 교수 및 그곳 회원들과 함께 근처 포장마차에서 생맥주를 즐겼다.

이렇게 테니스 하는 재미로 10여 차례나 후쿠오카를 방문했다. 다까하시 교수가 학생들을 이끌고 충남대에 오는 경우에도 오후 3시 공식 일정이 마무리되면 바로 충남대 교수들과 함께 테니스를 쳤다. 어느 해는 내가 개인적으로 다까하시 교수 부부를 초청했다. 그런데 한국에 오기로 약속한 날이 되기 며칠 전에 아이(?)가 교통사고를 당해서 오지 못한다는 연락이 왔다. 여기에서 아이란 다까하시 교수 부부 사이에서 태어난 아이가 아니라 반려동물인 강아지와 고양이를 일컫는 말이었다. 다음 해에 부부가 대전을 방문했다. 나는 첫날은 충남대에서 테니스를 치고, 둘째 날은 보령시에서 사업하는 지인이 회사 공터에 만든 황토테니스장에서 테니스를 했다. 그리고는 홍성 남당리에 있는 횟집에서 살아있는 새우 등 푸짐한 한국식 활어회를 함께 했다. 그들은 일본에서는 상상할 수 없는 무료 안주(스끼다시)에 놀란 것 같았다. 그들은 다음 해에 우리 부부를 하카타로 초청했다. 일본의 15가지 코스요리, 구마모토 아소산 탐방, 방갈로마다 야외온천이 딸린 호텔에서의 1박 등 이틀 동안 대접을 받았다.

2012년 다까하시 교수가 학장직을 맡고 있을 때는 나에게 상학부 교수세미나 강의를 부탁했다. 항공료와 체재비를 지원받으며 그곳을 방문해서 일본어로 발표했다. 지금은 다까하시 교수도 정년퇴직한 상태다. 그렇지만 그는 여전히 테니스 동호인 활동을 하고 있고 그 모습을 SNS로 보여주고 있다.

2) 제2화: 홋카이도 오타루대학에서의 테니스에서 철저한 가부시키(dutch pay)를 보았다

2010년 홋카이도 오타루상과대학을 방문할 때다. 내가 테니스를 좋아한다고 했더니 이 대학에 근무하던 한국인 교수가 테니스를 할 수 있도록 주선했다. 세미나가 끝나고 오후 3시경에 나를 포함하여 다섯 사람이 시내 실내 테니스장으로 갔다. 신발, 라켓과 복장 등은 테니스장에서 빌렸다. 오타루대학에서는 학장(우리나라의 총장)과 체육 전공교수 등이 대학에서 내로라하는 칼잡이가 선수로 출전하고 우리 대학에서는 나와 경제학과 이 교수가 파트너가 되어 국제 대회(?)를 벌였다. 파트너인 이 교수의 수준은 전형적인 테린이였으나 오타루대학 교수들이 내 스핀과 슬라이스 볼을 잘 받지 못하는 바람에 대등한 경기를 펼쳤다. 테니스가 끝나고 테니스의 세 가지 재미 중 두 번째인 온천욕 사우나를 했다. 유황성분이 많은 온천이라서 미끈미끈하고 좋았다. 그다음은 테니스의 세 번째 재미라고 하는 삿포로 생맥주를 한 잔씩 마셨다. 모든 비용은 오타루대학 한국인 교수가 다 지불했다. 그리고 나서 7시에 시작되는 저녁 리셉션 파티에 늦지 않도록 일어섰다.

그런데 오타루대학의 학장과 교수들이 바로 일어나지 않고 메모장에 뭔가를 열심히 적으며 계산을 했다. 테니스장 비용, 입욕료, 수건대금, 맥주값 등을 전부 합계한 다음 넷으로 나누고 있었다. 소위 더치페이를 하는 것이다. 학장이라고 해도 공적인 행사가 아니면 예외 없이 더치페이를 하는 것이다. 우리 문화와는 사뭇 다른 모습이었다. 이처럼 그들의 문화는 사적인 행사에 대해서는 지위고하, 남녀노소를 불문하고 더치페이하는 것이 생활화되어 있었다.

이러한 문화는 상품이나 서비스의 가격에서도 볼 수 있다. 즉, 여관비나 호텔비도 전부 1인당 기준이다. 두 사람이 한 방에 들어가더라도 각각 1인당 요금을 지불하도록 되어있는 것이다. 다베호다이(일정 금액 내고 맘껏 음식 먹기, 뷔페와 같음), 노미호다이(일정 금액을 내고 맘껏 맥주 등 주류를 마시는 술 뷔페), 멤버십 바의 입장요금 등도 모두 1인당이다. 사실 골프장,

사설 테니스장의 입장료, 포장마차 비용 등도 당연히 1인당으로 계산해서 받는다. 우리처럼 연장자나 맨 먼저 나가는 자, 상사 등이 혼자서 전부를 부담하는 문화와는 전혀 다르다.

5
테라밸

테라밸(tennis & life balance)이란 워라밸(work & life balance)을 패러디한 것으로 내가 만든 말이다. 테니스 치는 것과 삶, 즉 가정, 일 등이 서로가 균형을 이룸을 말한다. 사실 워라밸이 바로 테라밸이다. 같은 맥락으로 패러디하여 골라밸(골프와 워라밸), 축라밸(축구와 워라밸), 탁라밸(탁구와 워라밸), 그리고 낚라밸(낚시와 워라밸)과 같은 말도 가능할 것이다.

부부가 모두 테니스를 좋아한다면 테라밸은 이뤄내기가 훨씬 쉬울 것이다. 그러나 나처럼 부부 중 한 사람만 테니스를 치는 외테의 경우에는 테라밸 실천은 쉽지 않다. 테니스에만 빠져 혼자서 국내외 테니스 투어를 간다든지, 테니스 때문에 가정사를 등한시한다든지 하는 것은 테라밸 자체를 무너뜨리는 것이다.

사실 테니스에 중독되면 상당히 바쁘다. 시간을 낭비할 겨를이 없다. 테미라는 자기 세계에 갇혀버리기 때문이다. 테미는 테니스를 치기 위해 다람쥐 쳇바퀴 같은 일상을 산다. 남 보기에는 만날 테니스만 하느냐며 답답하다고 할 수 있다. 그렇지만 내실이 있고 오히려 망중한(忙中閑)을 즐긴다.

① 일상이 규칙적이다 보니 다음에 무엇을 할 것인지 고민할 필요가 없다. 바쁜 것 같아도 오히려 여유롭다.

② 운동을 열심히 하게 되니 건강하여 오히려 여러 가지 일을 많이 할 수 있다.

③ 기념해야 할 순간은 반드시 붙잡아서 자축의 자화자찬 행사도 벌인다. 박사학위 취득 축하 기념 국악연주회, 시집 출간 제1차 출판기념회, 테미 30주년 기념 테니스대회, 제2시집 및 첫 번째 산문집 제2차 출간기념회, 회갑 기념 테니스대회, 정년 기념 테니스대회, 시집 및 산문집 출간 기념 제3차 출판기념회 등을 연 것이다. 그리고 이번에는 이 책 『네트를 넘겨라』라는 제목의 테미 50주년 기념 산문집을 출간하고 제4차 출판기념회 및 테미 50주년 기념 테니스대회를 개최한다.

④ 테니스를 치기 위해 시간을 최대한 효율적으로 활용하는 습관을 들인다. 아침형 생활이 정착되면서 아침 시간을 활용하여 많은 연구와 저술을 할 수 있었다. 네 권의 시집과 두 권의 산문집, 세 권의 유머집 및 20여 권의 전공서적 등 30여 권의 서적을 출간했다. 특히, 비영리회계 분야에 관심을 두고 선구적으로 접근했고, 사단법인 대한회계학회 회장, 한국학교회계학회 회장도 역임했다. 이처럼 현재의 일에 최선을 다하는 것이 생활화되

어 있다. "테니스를 위해 지금 최선을 다해라(For tennis, do your best now)." 낮에는 테니스 치느라고 시간을 내지 못했지만 저녁 시간을 할애하여 내가 원하는 시민단체 활동에 참여했다. 대전참여자치시민연대상임의장, 대전시민단체연대회의 상임의장, 대전충남녹색연합 상임대표 등을 역임하기도 했다.

테라밸은 삶 자체다. 저녁이 있는 삶이 워라밸이라고 하듯, 테라밸은 운동이 있는 삶이다. Never too late! 테라밸 실천에는 늦은 법은 없다. 그리고 테라밸의 실천을 위해서는 최선을 다해야 하며 어떤 망설임도 있어서는 안 된다. 내가 테라밸 실천을 위해 노력하고 있는 것들은 다음과 같다.

① 가정이 항상 우선이다.
② 최대한 가족과 함께한다. 함께 영화 보기, 함께 점심식사 하기, 함께 출근하기, 함께 맛집 순례하기, 함께 꽃 가꾸기, 함께 세계여행 하기 등등.

무조건 함께 세계여행: 유럽, 아프리카, 북미, 중남미, 중국, 일본, 아세안 지역 등을 함께 여행했다. 자동차를 빌려서 이탈리아, 스페인, 뉴질랜드 등도 여행했다. 세계 3대 폭포라는 나이아가라폭포, 이구아수폭포, 빅토리아폭포 등도 함께 갔다.

③ 현재에 최선을 다한다.

테니스는 0.005초의 순간에 어떻게 공을 쳐서 보낼 것인가를 결정해야 한다. 순간의 의사결정, 순발력이 있어야 하는 것이 테니스다. 어떻게 쳐야 할지, 어디로 쳐야 할지를 생각할 여유가 없다. 몸이 알아서 순간적으로 대응해줘야 한다. 그러니 남의 탓, 주변의 탓에 불평할 새가 없다. 다른 것에 신경 쓰며 시간을 낭비하기보다는 현재에 최선을 다하며 집중해야 하는 것이 테니스의 교훈이다. 그래서 나는 내가 통제하기 어려운 것들에 대해서는 언급하지 않는다. 사실 이것들은 핑곗거리나 자기합리화, 또는 변명이 될 뿐이다. 테라밸도 기본적으로 남을 칭찬만 하고 살기에도, 지금을 잘 보내고 살기에도 시간이 아깝다는 생각에 뿌리를 둔다. 남의 탓을 해서는 테라밸이 이루어질 수 없는 것이다.

6

테미로 살다 보니

테미로 테니스에 푹 빠져서 살다 보니 테니스 이외의 것들은 기존에 하던 것도 손을 떼거나 새로운 것에는 손을 대지 못하거나 한다.

1) 거문고와 색소폰을 중도하차했다

나도 할 수 있다며 시작했던 거문고나 색소폰도 도중에 다 포기해야 했다. 거문고는 대전시립국악원에서 연정 선생님의 지도 아래 1983년부터 시작했다. 수덕사 대웅전에서 영상회상 공양공연도 했다. 그러나 테니스 치기에 바빠서 점점 등한시되다가 아예 그만두었다. 거문고를 배우면서 샀던 거문고는 30년 이상 보관만(?) 하다가 결국 버리고 말았다.

또 2014년부터는 덩치가 큰 거문고보다 크기가 훨씬 작고 배우기도 쉽다는 색소폰을 시작하여, 2년간이나 레슨을 받았다. 몇 곡은 연주할 수준까지 이르렀지만 테니스 치기에 바빠 조금씩 뒷전으로 밀렸고 결국 그만두고 말았다. 음치인 나의 한계에 테니스라는 강적에 그만 굴복하여 꼬리를 내린 것이다. 침실에는 먼지에 쌓인 색소폰이 독주의 꿈을 꾸고 있을 따름이다. 악기도 분명히 삶의 한 부분이 될 수 있으나 테니스에 눌려버렸다.

2) 대부분의 주례는 거절했다

대학에 있다 보니 제자들이 주례를 많이 부탁했다. 주례도 교수로서 학생에 대한 봉사하는 삶의 한 부분이다. 그렇지만 대부분의 주례는 거절했다. 주례를 서게 되면 주말 테니스가 반 토막이 나버리기 때문이다. 부득이 주례를 서야 하는 경우에는 짧은 주례사를 하고 주례가 들어가야 할 사진만 찍은 다음 바로 빠져나왔다. 한 번은 신랑 측 주례를 섰으나 테니스 시합이 있어 주례사를 3분 이내에 끝낸 다음 사진만 찍고 식사도 못 하고 나갔다. 조금 있으니 테니스장으로 점심 대신이라면서 이바지를 보내왔다.

기억에 남는 주례 #1: 주례 서기에는 너무 젊었다

그때 나는 35세였다. 그런데 제자가 내게 주례를 부탁했다. 약혼자와 함께 두 번이나 연구실을 찾아와 부득이한 사정을 말했다. 그러나 내 자신이 결혼한다 해도 괜찮을(?) 젊은 나이인데 주례를 선다는 것은 말이 되지 않는다며 계속 거절했다. 또 토요일이나 일요일은 내가 테니스 하는 날이라 주례를 설 수 없다는 핑계까지 덧붙였다. 그러면서 제발 초ㆍ중ㆍ고등학교 때 인연이 있는 담임선생님이나 교장선생님께 부탁해보라고 사정했다. 그런데 조금 있으니 부탁할 사람이 아무도 없다며 이제는 내가 사는 집까지 찾아와 사정했다. 이번에도 거절하면 예식장에 이야기하여 사례비를 주고 주례를 사서 결혼을 진행하겠다는 것이다. 더 이상 거절하지 못했다. 다만 내 주례는 3분을 넘기지 않을 것이고, 바로 테니스를 치러 가니 점심이나 기타 행사에는 참여하지 못한다는 것을 분명히 했다. 결국 주례를 선 것이다. 사진을 찍자마자 나는 바로 테니스장으로 달려갔다.

기억에 남는 주례 #2: 진짜 주례를 서게 될 줄이야

어느 날 오후 1시 강의였다. 학생들이 졸았다. 졸음을 쫓아버릴까 하여 누가 앞에 나와 노래를 한번 불러보라고 했다. 자원자는 없었다. 그런데 한 여학생이 자기가 노래하겠단다. 노래를 불렀다. 모두가 잠에서 깼다. 그 여학생은 다른 학생들을 보며 "앙코르"를 해주란다. 다들 조금 억지로 앙코르를 했지만 반응에는 아랑곳없이 그 여학생이 앙코르곡을 불렀다. 노래가 끝나자 그 여학생은 "남학생도 노래를 불러 줘야" 남녀 평등이란다. 남학생들은 자신을 시킬까 두려운지 모두 고개를 숙였다.

그러자 여학생이 자기가 결정하겠다며 현재 학생대표를 맡고 있는 남학생을 지정했다. 그런데 학생대표는 정말 음치였다. 산토끼를 불렀다. 강의실이 완전 썰렁해졌다. 이런 일이 있고 난 며칠 후 그 여학생과 학생대표가 연구실에 찾아왔다. 자기들 결혼하니 주례를 서달란다. 지금 결혼하는 것이 아니라 장차 결혼할 때 서달라는 것이다. 그래서 좋다고 했다. 그런 일이 있은 후 5년이 지난 어느 날 다음 주에 결혼한다는 청첩장을 들고 그 남학생과 여학생이 딸까지 데리고 연구실로 찾아왔다. 형의 결혼이 늦어 이제야 결혼식을 올린다는 것이었다. 혼인신고는 미리 다 했다 한다. 이루어지지 않을 것이라고 보고 선뜻 주례를 서주겠다고 허락한 것이지만 현실이 되어버린 것이다. 할 수 없이 공주까지 가서 주례를 서야 했다.

3) 어느 날 보니 손 지문이 없어졌다

테미 이동규로 매일 라켓을 쥐고 살다 보니 손가락의 지문도 없어졌다. 이는 주민지원센터에서 인감증명 발급을 위해 지문확인을 하다가 발견된 사실이다. 지문을 확인하는 디지털 기기가 내 지문이 아니라고, 아니, 확인할 수 없다고 하는 것이 아닌가. 할 수 없이 전에 비해 상당 부분이 지워진 현재의 지문으로 바꿔서 다시 등록했다. 그 뒤 아직 인감증명서를 발급받을 기회가 없어서 이렇게 새로 등록한 지문이 통용되는지 아직 확인하지는 못했다.

4) 나를 한 지역에만 가둬버렸다

매일 테니스를 치니 서울이나 광주에서 모임이 있어도 참여하지 못했다. 아니, 하지 않았다. 친구들로부터 뭐가 좋아서 대전 촌놈이 되었느냐, 왜 꼼짝도 안 하느냐 등의 말을 들었다. 대전에서의 테미 생활도 어느덧 50년이 되다 보니 이런 말을 들어도 미소만 나올 뿐 마음은 미동도 하지 않는다.

5) 주름살을 양산했다

선크림도 바르지 않고 50여 년을 뙤약볕 아래서 테니스를 했으니 얼굴도 시커매졌고 주름도 많아졌다. 이처럼 테미로 살아서일까, 그냥 나이가 들어서일까 아니면 타고나기를 그래서인가. 어떻든 몸은 깡말랐고 얼굴은 주름투성이다. 지방(脂肪) 발전이 하나도 안 되어있다. 그래서 또래보다 훨씬 더 늙어보인다. 누가 내 나이를 물어보면 아직 90살은 안 되었다고 농담한다.

7

그랜드슬램 대회 이모저모

1) 2021년 US 오픈(US Open Tennis)

2021년 US 오픈에서 확 달라진 것 중 하나는 호주 오픈과 마찬가지로 호크아이 시스템이 선심을 대신하여 인, 아웃, 폴트 등을 판정한다는 것이다. 미리 녹음된 남성 혹은 여성 음성으로 아웃이면 바로 아웃임을 선언한다. 예전에는 주심이나 선심의 판정에 대해 세 번의 이의(첼린지)를 제기할 수 있었다. 그러다 보니 게임의 흐름이 끊겼다. 그러나 지금은 호크아이 시스템으로 선심을 대신하게 되어 이 규정은 무용지물이 되었다.

또 볼거리 중 하나는 예상을 뒤집는 경기 결과였다. 당연히 조코비치가 우승하여 2021년에 열린 4개의 그랜드슬램 대회를 몽땅 쓸어 담을 것이라고 예상했지만 결승에서 메드베레프(러시아)에게 3대0으로 져버린 것이다. 또 여자 단식에서는 예년과 마찬가지로 세계 랭킹이 아무 의미를 갖지 못했다. 결승전에 오른 두 선수 모두 하위 랭커인 18, 19세의 어린 선수들이었다. 그들은 역대급 선수들, 즉 세계 랭킹 1위 내지는 2위 선수들을 전부 이겨버린 것이다. 2020년 윔블던 오픈 우승자였던 호주 출신 베티는 순위가 한참 아래인 미국 여자 선수 로저스에게 져버렸다. 2019년 이 대회의 우승자인 일본의 오사카 나오미도 초반에 페르디난드라는 18세 캐나다 선수에게 패배하며 눈물을 흘려야 했다. 특히 이전의 대결에서 한 차례도 이겨보지 못했던 사카리 선수는 2019년 US 오픈 우승자였던 안드레스쿠 선수를 제압해버렸다. 마리아 사카리와 비앙카 안드레스쿠스의 대결은 3세트가 모두 타이브레이크로 진행되었다. 여기에서 최종 우승을 결정한 것은 사카리가 얻어낸 득점 하나였다. 이를 보고 모두가 최선을 다했지만 마지막 결정은 결국 행운에 맡겨야 한다는 것을 알 수 있었다.

2021년 호주 오픈이나 US 오픈 테니스가 보여주는 확실한 재미 중 하나는 최선을 다하는 선수, 매너가 좋은 선수, 미소가 있는 선수에게 관중이 아낌없이 응원하며 환호해준다는 것이다. 테니스는 매우 집중이 필요한 경기지만 경기장이 웃음바다가 되기도 하고, 사람이 아무도 없는 것처럼 쥐 죽은 듯한 고요함이 있기도 한다. 환호성이 터져서 선수가 서브를 넣는 데 방해가 될 수 있다고 판단되면 주심은 관중에게 "조용히 하시오(Be quiet)"라고 말하지 않고 "감사합니다(Thank you)"라고 한두 번 말한다. 그러면 경기장은 쥐 죽은 듯 조용해진다.

2) 2022년 호주 오픈(Autralia Open Tennis)

코로나로 갇혀 지내던 중 테니스 4대 그랜드슬램(호주 오픈, 롤랑 가로스, 윔블던, US 오픈) 대회가 열렸다. 그랜드슬램 대회 중 가장 빠른 1월에 열리는 호주 오픈은 코로나19로 인해 열리니 마니 논란이 많았지만 한 달을 연기하여 개최되었다. 대회조직위원회에서는 이 시합을 성사시키기 위해 선수들에게 전세기를 띄우고 코로나 체크를 철저히 하는 등 엄청난 노력을 했다. 세계 1위인 조코비치는 백신 거부로 인해 대회에 참가하지 못했다. 올해 시합을 보면서 몇 가지 느낀 것이 있다.

첫째는 인 아웃을 보던 선심이 없어졌다는 것이다. 폴트, 아웃 등의 콜을 주심이 직접 하지 않는다. 대신 호크아이가 미리 녹음된 남성혹은 여성의 목소리로 콜을 한다. 테니스 장에는 AI 기능을 탑재한 카메라, 소위 호크아이가 선심을 대신하는 것이다. 코로나 확산을 방지하면서 더욱 발전된 호크아이 시스템을 도입한 결과였다. 그러니 챌린지(challenge) 규칙도 의미가 없게 되었다. 일단 AI가 인 아웃을 판단해버리면 그것으로 끝났다. 전에는 볼이 네트를 터치하는지만 센서가 식별해서 알려주면 이것을 보고 주심이 레트 콜(let call)을 했는데 이제는 선심이 하던 인 아웃, 폴트까지 전부 호크아이가 하는 것이다. 그렇지만 변하지 않은 것은 볼 키즈 제도다. 일단 볼을 주워오고 선수에게 전달해주는 일은 호크아이가 대신할 수 없기 때문이다. 둘째는 코로나19 예방을 위해 경기진행요원이 선수들에게 땀을 닦을 수 있도록 수건을 가져다주던 서비스가 없어졌다. 이젠 선수가 직접 코트 모서리 부근에 있는 수건 상자까지 가서 직접 수건으로 땀을 닦아야 했다. 이러다 보니 선수가 서비스를 넣기까지 허용된 25초가 너무 짧다는 이야기도 나왔다. 25초를 넘기면 서비스 바이얼레이션(violation)이 되어 서비스 폴트 하나를 먹게 된다. 나달처럼 다양한 서비스 동작을 하는 선수는 상당히 불리해졌다.

셋째는 랭킹에서는 차이가 있어도 이기고 지는 것은 볼 한 개의 차이란 것을 알 수 있다. 누가 더 최선을 다하느냐, 그리고 행운이 좀 더 따라주느냐에 달려있는 것이다. 그렇지만 테니스에서 핑계는 통하지 않는다는 것, 항상 실전 같은 연습을 하고 시합에서 최선을 다해야 행운도 따를 수 있다는 것을 보여주었다. 그리고 테니스 시합에서 이변은 이변일 따름, 현실에서는 일어나기 어렵다는 것을 실감하게 해준다. 그렇지만 사람들은 이변을 원하고, 이변이 일어나도록 많은 응원을 한다. 특히 호주 사람들은 호주에서 개최되는 호주 오픈대회인 만큼 자국인이 이겼으면 하는 바람에 매너에 조금 어긋나는 응원전을 펼쳤지만 결국 아무도 16강에 진출하지는 못했다.

3) 2023년 프랑스 롤랑 가로스 대회(Toumoi de Roland-Garros)

2023년도 가장 큰 이변은 롤랑 가로스 대회에서 14승을 하여, 메인 코트장에 동상까지 세워져 있는 흙신 라파엘 나달이 부상으로 불참한 것이었다. 그 결과 나달, 페더러, 조코비치의 삼총사 중 유일하게 출전한 조코비치가 결국 우승을 거머쥐며 세계 메이저대회에서 23회라는 최다우승 금자탑을 세웠다. 이 대회에서는 탄소제로의 환경보전을 위해 일회용 라켓 커버 사용 금지, 선수별 머그컵의 사용 권장, 기타 모든 일회용 사용의 억제 등을 시행했다.

그랜드슬램 대회

세계 4대 메이저 테니스 대회를 이르는 말로, 창설 시기 및 개최지는 아래 표와 같다.

대회명	창설 시기	개최지
윔블던 선수권 대회	1877년 6월	영국 런던
프랑스 오픈 테니스 대회	1881년 5월	프랑스 파리
US 오픈 테니스 대회	1881년 8월	미국 뉴욕
호주 오픈 테니스 대회	1905년 1월	호주 멜버른

8

호크아이 시스템(hawk eye system)

　심판이 가장 많은 운동이 바로 테니스다. 오심을 막기 위해서다. 그래서 테니스장에는 14명의 부심이 동원된다. 라인 심(엄파이어)은 자신이 맡은 라인만 집중적으로 판정한다. 주심은 게임을 총괄 진행하며 라인 심이 제대로 인 아웃을 판정하지 못했을 때만 판정에 개입한다. 라인은 관중석에서 보는 것보다 가장 가까운 곳에서, 집중적으로 보는 심판들이 정확하게 볼 수도 있지만 사람이기 때문에 실수할 때가 있다. 오늘날에는 이러한 오심을 없애기 위해 부심을 두지 않고 그 역할을 정보시스템, 즉 호크아이 시스템에 맡기고 있다. 이 시스템을 도입한 경기에서는 주심만 있고 부심은 없다.

　호크아이 시스템이란 카메라로 촬영한 영상을 경기에 적용하는 시스템이다. 매년 1월 새해가 시작되자마자 열리는 호주 오픈 테니스대회(AO)를 보면 1명의 심판장(주심, 체어 엄파이어, chair umpire)만 있다. 그리고 라인 선심(Linesman or Lineswoman)은 없다. 즉 호크아이 시스템이 라인 심을 대신하고 있는 것이다. 이 시스템은 디지털기술과 병합되어 선수가 치는 볼의 서브속도, 폴트, 인 아웃, 볼의 회전속도, 선수가 뛴 거리, 포인트 내용, 실수 내용, 현재 포인트에서 추정되는 두 선수의 승률, 포인트를 얻은 요인, 에러 요인 등 각종 정보를 즉각적으로 계산하여 보여준다.

과거에는 심판의 판정에 대해 이의를 제기하는 챌린지 제도가 적용되었으나 이 시스템에서는 거의 적용되지 않는다. 물론 프랑스 롤랑가로스는 아직 부심을 두고 있고 클레이 코트여서 볼의 자국을 확인할 수 있어 재심을 요구하면 주심이 심판대를 내려와 직접 확인한다. 그런데 이렇게 육안으로 확인해야 하는 경우, 판정이 확정되기까지 경기는 당연히 중단된다. 그렇지만 호크아이 시스템은 즉시 이를 판정할 수 있도록 영상을 제공하기 때문에 재판정하기까지 시간이 절약된다. 선수들도 이제는 호크아이 시스템을 믿고 거의 챌린지를 요청하지 않는다. 경기 시간이 대폭 절약되어 관중도 지루함을 덜 느끼게 되며 5세트까지 하는 선수들에게도 큰 도움이 된다.

호크아이 시스템으로 인해 챌린지가 없어지면서 경기 진행 흐름이 그대로 유지되고 경기 시간이 단축되었다. 선수들도 더 이상 인 아웃에 대해 신경 쓸 필요가 없어져서 경기에 집중할 수 있게 되었다. **호크아이는 정확한 라인 판정을 돕고 대회의 질적 수준을 높이며 팬들에게 또 다른 재미를 전하는 역할을 톡톡히 한다.** 현재 **ITF**(국제테니스연맹), **ATP**(세계남자테니스협회), **WTA**(세계여자테니스협회) 등에서 사용되고 있다. 그랜드슬램 대회 중 최초로 호크아이 시스템을 완전히 도입한 것은 2021년 US 오픈 대회다. 모든 선심을 호크아이로 대신하고 주심만으로 경기를 진행한 것이다.

사실 라인 심(Linesman)이 심판을 담당하는 경우, 오랜 시간 동안(5시간도 넘게 하는 경기도 있음) 공을 계속 쳐다봐야 한다. 덥든, 바람이 불어서 모래가 날리든, 벌레가 날아들든 선심들이 육안으로 판단해야 하는 것이다. 그러다 보니 실수 확률이 높아진다. 특히, 중요한 포인트에서 선심들의 잘못된 콜로 인해서 경기가 뒤집어지거나 중단되는 경우가 발생할 수 있다. 그러나 호크아이 시스템은 컴퓨터와 카메라를 이용한 만큼 아무리 장시간에 걸친 경기라 할지라도 지치지 않으며, 높은 정확도를 유지할 수 있다는 장점이 있다.

이러한 호크아이 시스템 이용에 있어 가장 큰 장애물은 설치 비용이다. 호크아이 라이브 시스템의 설치비용은 한 코트당 6~7만 달러(7~8천만 원)로 알려져 있다. 그렇지만 테니스 메이저대회, 투어대회 등이 속속 호크아이 시스템을 도입하고 있다. 선심이 없어지면서 인건비가 절감되고 또 영상처리 기술의 발달로 향상된 정확도, 기술 발전에 따른 가격 인하 등으로 이 시스템의 도입은 늘어날 전망이다. **호크아이의 라인 판정 오차는 0.1mm 이내다.**

우리나라에서 열린 2022년 코리아오픈에서도 호크아이가 도입되었다. 베이스라인 뒤편에 3개씩, 사이드라인 쪽에 2개씩 총 10대의 카메라 및 정보처리시스템은 공의 모든 궤적을 추적해 데이터베이스를 관리할 뿐 아니라 TV 중계 등에 필요한 정보를 제공한 것이다. 코리아오픈 단식 준결승과 결승 및 온 코트 인터뷰는 전 세계 20여 개국으로 송출되었다.

2023년 그랜드슬램 대회 첫 문을 연 호주 오픈의 경우에는 보다 발전된 호크아이 시스템을 적용하였다. 이제는 선수들이 습관적으로 챌린지를 요구하거나 요구하는 제스처를 취하기도 하지만 0.1mm까지 판독하는 호크아이에 백전백패여서 챌린지 제도는 거의 활용되지 않는다. 과거에는 선수 본인이 잠깐 숨을 돌리기 위해 챌린지를 무리하게 요구하는 경우도 있었지만 이제는 비신사적인 행동으로 간주된다.

우리나라 권순우 선수가 2023년 1월에 우승한 호주 애들레이드 인터내셔널 대회는 완전한 호크아이 시스템이 도입되지 않았기 때문에 라인 심이 있고 또 챌린지 제도도 있었다. 다만 인 아웃 챌린지에 대한 확인은 호크아이 시스템을 이용했다.

호크아이는 각종 정보처리기술과 통합되어 판정뿐만이 아니라 선수의 위닝(winning point) 포인트, 언포스드 에러(unforced error), 득점한 서브의 방향과 속도, 선수가 친 공의 파워, 공의 회전 정도, 기타 선수의 위치와 포인트의 관계, 현재 상태에서 예측된 승률 등 테니스에 관한 거의 모든 정보가 실시간으로 분석되어 중계된다. 이러한 시스템은 선수 개인의 테니스 기술 향상에도 크게 이바지하고 있다. 갈수록 데이터가 축적되면서 선수들이 상대하는 선수들에 대해 철저하게 분석하여 준비하는 데 활용되고 있다. 특히 상대 선수의 서비스 방향을 예측하여 포인트를 따는 경우도 많이 발생하고 있다.

호크아이 시스템(본사) 홈페이지 참고: www.performgroup.com

SET POINT

테니스
맛과 멋을
살려라

풋 폴트 안 하며, 미스 콜 부르지 않고 한 번의 다툼도 없이 셀프 저지를 하는 당신은 테니스 코트의 멋쟁이다.

볼을 서버에게 제대로 건네주고, 서브 넣을 때 눈인사를 건네는 당신이 바로 멋쟁이다.

제대로 된 복장, 제대로 된 신발을 갖춰서 코트에 들어서는 당신은 테니스장의 매셔니스트(매너+패셔니스트)이다.

타임 바이얼레이션 폴트(time violation fault), 호크아이 시스템(hawkeye system)과 챌린지(challenge), 듀스코트(deuce-court)와 애드코트(ad-court), 엔드 체인지(end change), 메디컬 타임(medical time) 등 전문용어를 알고 있는 당신은 수준 높은 테니스인이다.

테니스 치면서, 테니스를 관람하면서, 테니스 시합 TV 중계를 보면서, 점입가경의 진기 명기에 빠지는 당신은 진정으로 테니스를 좋아하는 사람이다.

환호와 탄성, 후회와 한숨을 짓지만 순간순간 순발력을 발휘하는 당신은 테니스 맛을 아는 테니스인이다.

축구, 배구, 농구, 송구 등은 몸으로 직접 공을 다룬다. 그러나 테니스는 골프, 야구, 크리켓과 마찬가지로 공을 칠 때 별도의 도구를 이용한다. 또 테니스에는 축구나 농구, 송구와 달리 코트 중앙에 네트가 걸려있어서 상대 팀 쪽으로 넘어갈 수 없다. 그러니 상대 선수와 몸싸움이 일어나지 않는다. 그러나 복식 게임에서는 두 사람이 같은 사이드에서 움직이므로 충돌이 일어날 수 있다.

에티켓이란 테니스 지침이나 규칙을 지키는 것이고 매너는 상대에 대한 주관적인 배려를 말한다. 테니스의 에티켓과 매너를 잘 지킬 때 테니스 치는 당신은 더 멋지고 아름답다.

롤랑 가로스 중계를 보면 흰색 파나마모자를 쓴 관중이 조용히, 정말 조용히 볼과 선수의 움직임이 자석이라도 되는 것처럼 고개를 좌우로 움직이는 모습을 볼 수 있다. 물론 볼이 스매싱이나 강서브, 강한 스트로크 등으로 멋지게 포인트가 났을 때는 환호하는 소리가 테니스장을 가득 채운다. 그렇지만 일단 플레이가 시작되면 쥐 죽은 듯 조용하다. 즉, 관중은 선수들 못지않게 에티켓과 매너를 지키고 있는 것이다. 알아두면 멋있는 테니스인의 에티켓과 매너로는 다음과 같은 것을 들 수 있다.

① 테니스 게임 중에는 선수는 물론 관중도 선수의 경기에 방해될 만한 말이나 행동을 하지 않는다. 예를 들어 선수가 자신이 생각지 못한 실수(에러)를 했다고 하여 라켓을 코트 바닥에 내려치거

나, 코트 밖으로 공을 쳐내버려서는 안 된다. 또 관중은 선수가 서브를 넣으려고 하는데 야유를 보내서 방해해서는 안 된다.

② 테니스를 치는 사람들은 테니스 복장과 신발을 제대로 갖추고 운동을 한다. 흰색이 기본이지만 오늘날에는 다양한 색상의 복장도 가능하다. 다만 윔블던 테니스 대회 출전자는 전통에 따라 흰색 운동화, 흰색 테니스복을 착용해야 한다.

③ 서비스를 넣을 때는 먼저 상대방이 서비스를 받을 준비가 되었는지 확인한 다음 서비스를 넣는다. 이때도 서비스를 넣기 직전에 상대방과 눈을 맞추며 가볍게 인사하는 것이 에티켓이다.

④ 자기도 모르게 상대방의 몸에 위협을 가할 정도로 스매싱이나 발리 또는 스트로크가 갔을 때는 바로 미안하다는 말이나 행동을 한다. 이럴 때 미안하다는 말이나 행동도 없이 그냥 지나가버리는 것은 테니스인으로서는 바람직하지 못한 행동이다.

⑤ 인 아웃이 아닌데도 잘못 콜(미스 콜)을 하여 경기 지장을 준 경우에는 상대방에게 바로 "쏘리, 미안해요" 등 사과를 한다.

⑥ 내가 혹은 파트너가 상대 코트로 넘긴 볼이 네트와 접촉하면서 상대방 코트 밑으로 떨어져서 포인트를 땄을 때(데드 네트 코드: dead net cord, 네트를 맞고 뚝 떨어지는 볼), 혹은 밖으로 나가려는 볼이 폴대에 맞으면서 코트 안으로 들어와 포인트를 땄을 때 등 운이 작용했을 때는 바로 말과 행동으로 미안함을 보이며 가볍게 인사를 한다.

⑦ 내가 스매싱이나 발리로 멋지게 포인트를 딴 것에 대해 관중의 환호가 있으면 관중을 향해 손을 들어 답례한다.

⑧ 상대편 서버(server: 서비스를 넣는 선수)에게 볼을 넘겨줄 때는 상대방이 공을 받을 준비가 되어있는지를 눈으로 확인한 다음, 공이 한 번 상대 앞에서 바운드 되고 난 다음 받을 수 있도록 넘겨준다. 그런데 넘겨준 볼이 내 생각과 달리 잘못된 방향으로 가거나 상대방이 갑자기 다른 곳을 바라보게 되어 제대로 받지 못하게 되었을 때는 바로 "쏘리" 하면서 양해를 구한다. 경기 중에 있는 선수들은 항상 공이 현재 어디에 있는가에 대해 집중하고 있어야 하지만 사람에 따라서는 그렇지 않을 수도 있다. 배려란 상대방의 처지를 먼저 생각해주는 것이다.

⑨ 상대방의 실수에 대해 환호하거나 좋아하는 것은 바람직하지 않다. 테니스는 자화자찬 운동이다. 내가 잘 쳤을 때 혹은 실수를 안 했을 때 자신에게 박수를 보내는 것이 테니스다. 따라서 남의 불행이 나의 기쁨인 것처럼 노골적으로 표현하는 것은 에티켓이 아니다.

⑩ 자기가 하던 경기가 끝났을 때는 코트장을 정리한 다음 밖으로 나오는 것이 에티켓이다. 즉 다음 사람이 운동할 수 있도록 코트 정리를 해주는 것이다. 그러나 공식적인 대회에서는 주관하는 곳에서 모든 코트를 관리하므로 직접 정리할 필요는 없을 것이다.

⑪ 테니스 경기 흐름을 방해하는 행동을 하지 않는다. 즉, 서브를 넣지 않고 시간을 끌어 상대방을 짜증 나게 한다든지, 게임에 집중하지 않고 딴청을 부려 다른 선수들의 마음에 불편을 준다든지, 공이 너무 물렁하다는 등 시비를 걸며 경기의 리듬을 깨는

행동은 바람직하지 않다.

⑫ 인 아웃을 가지고 지나치게 다툼을 벌이지 않는다. 셀프 저지에 서는 상대를 존중하는 것이 원칙이다. 상대방이 콜 한 것에 대해 우격다짐, 막무가내로 셀프 저지 시스템을 무시하게 되면 게임 의 분위기는 얼어붙고 만다.

⑬ 파트너의 실수에 대해 신음 소리 등 부정적인 말이나 행동을 보 이지 않아야 한다.

⑭ 공을 넘겨달라고 할 때는 "Ball thank you" 혹은 "Thank you ball please"라고 외치고, 공을 넘겨줄 때에도 상대방이 들리도록 "Ball coming!"이라고 말해주는 것이 매너다.

아는 척 좀 해보자: 테니스 지식 몇 가지

1) 푸시 테니스

강한 스트로크 등으로 밀어붙이는 파워 테니스와는 달리 후위에서 계속 스트로크로 받아넘기기만 하면서 상대방의 실수를 기다리는 스타일의 테니스다. 나는 이를 소프트 테니스, 툭툭 테니스라고 칭하고 있다.

2) 파트너, 리터너

파트너(partner)란 복식 경기에서 짝(페어)을 이룬 다른 선수를 말한다. 그리고 리터너(returner)란 상대의 서비스나 상대가 친 볼을 받아쳐서 넘기는 플레이어다.

3) 듀스 코트, 애드 코트

서비스를 넣을 때 포인트의 합계가 짝수일 때는 오른쪽 코트가 듀스 코트(deuce court)이며 홀수일 때는 왼쪽 코트가 애드 코트(ad court)가 된다.

4) 타임 바이얼레이션 폴트

그랜드슬램 대회에서는 서버가 서브를 25초 이내에 넣도록 하고 있다. 이를 지키지 못하고 시간이 초과되는 경우 타임 바이얼레이션 폴트(time violation fault)를 선언한다. 오늘날의 호크아이 시스템은 정확하게 25초를 카운트하고 있다.

5) 체인지(change)

체인지에는 엔드 체인지, 세트 체인지, 볼 체인지 등이 있다.

① 엔드 체인지(end change)

치른 게임 횟수의 합계가 홀수일 때 코트의 사이드를 서로 바꾸게 된다. 세트가 짝수로 끝날 경우에는 그다음 세트의 첫 게임 직후(게임이 6대4로 끝났으면 다음 세트는 직전 세트 마지막 게임에 섰던 자리에서 시작)부터 이 방식이 적용된다. 또 타이브레이크에서 포인트 합이 6포인트가 될 때는 그때마다(합이 6, 12, 18, 24) 사이드를 바꾼다. 이들을 모두 엔드 체인지(end change)라고 부른다. 국제 경기에서는 엔드 체인지를 하는 데 90초의 시간을 허용한다. 이때 음료수를 마실 수 있고 복식 경기인 경우에는 파트너와 어떤 전략을 적용할지 등에 대해 서로 이야기를 나눌 수 있다.

② 세트 체인지(set change)

3세트 경기 혹은 5세트 경기에서는 세트가 끝나면 사이드를 서로 바꾼다. 이때는 엔드 체인지 할 때보다 약간 길게 120초를 허용한다.

③ 볼 체인지(ball change)

3세트 이상의 경기를 하는 경우, 최초는 7게임이 끝난 다음에, 그 다음은 9게임이 끝난 다음에 볼을 새것으로 바꿔주는 것을 말한다.

6) 메디컬 타임(medical time)

경기 중 선수가 부상을 당하여 치료하는 데 허용된 시간을 말한다. 경기 중에 경기를 중단하고 메디컬 타임을 신청하면 그 게임은 포기했으므로 진 것으로 본다.

7) 서비스 폴트와 레트

(1) 풋 폴트, 더블 폴트와 실점

서비스가 서비스 존을 벗어나면 '폴트'가 된다. 서비스를 넣을 때 베이스 라인을 밟아도 폴트로 판정된다. 풋 폴트를 한 상태에서 다시 폴트를 하게 되면 실점된다. 또한 그랜드슬램 대회에서는 서브 넣기까지 25초를 허용하고 있어서 이를 어겨도 타임 바이얼레이션이 되어 폴트로 판정한다. 두 번 폴트를 하게 되면 역시 '더블 폴트'가 되어 실점된다.

(2) 레트(let)

심판은 경기에 방해되는 요소가 생길 때 레트(let)를 부르고 다시 하도록 한다.

① 새가 날아들거나 물건이 떨어지는 등으로 경기 진행에 방해가
발생하는 경우
② 서비스한 볼이 네트에 접촉한 경우
③ 다툼이 해결되지 못한 경우

테니스 동호인 시합에서 벌어지는 다툼의 원인 대부분은 떨어진
공이 라인 안(in)이나 위(on)인지 아니면 라인 밖(아웃, out 혹은 fault)인지 여
부에 대한 것이다. 셀프 저지를 하기 때문에 볼이 떨어진 곳의 선수들이
콜을 해주면 대부분 이의 없이 진행되지만, 누가 이에 대해 이의를 제기
하면 다시 판정을 내려야 하는 상황에 놓인다. 대화를 통해 최초 판정이
받아들여지면 다행이지만 볼 낙하지점이 애매하여 합의에 이르지 못할
때는 "레트"로 콜 한다. 따라서 직전 포인트는 무효가 되고 다시 퍼스트
서브를 넣게 된다. 물론 "레트"도 모두가 합의해야 가능한 콜이다. 끝까
지 서로의 주장을 굽히지 않으면 최종적으로 대회 본부에 그 판단을 맡
기게 된다.

8) 미스 콜

공이 아직 지면에 닿지 않아 인인지 아웃인지 확정되지 않는 상황에서 어느 선수가 "아웃 또는 인"을 불러버리는 경우를 미스 콜이라고 한다. 원칙적으로 미스 콜은 규칙에 어긋나는 행동으로 보고 실점처리를 한다. 왜냐하면 인 또는 아웃이라고 미리 콜을 해버리면 상대방이 그렇게 알고 다음 동작을 하지 않게 되기 때문이다. 그런데도 상대방이 계속 볼을 쳐서 넘기게 되면 미처 준비가 안 되어 실수를 할 가능성이 커지는 것은 당연하다. 일종의 경기 방해 행위에 해당하는 것이다. 그런데 미스 콜은 그것을 증명하기가 쉽지 않다. 아마추어 게임에서는 셀프 저지를 하기 때문에 미스 콜을 밝혀내기가 더욱 어렵다. 그래서 미리 대회 요강에 미스 콜은 판정에서 제외한다고 정해두기도 한다.

2022년도 코리아 오픈 시니어테니스대회의 참가선수 필독사항 첫째 줄에 미스 콜에 대해 언급하고 있다.

9) 데드 네트 코드(dead net cord)

네트를 맞고 뚝 떨어져서 받을 수 없는 볼을 말한다. 포인트를 땄다면 당연히 미안함을 표시하는 것이 에티켓이다.

10) 실점과 득점

① 서브를 두 번 연속해서 폴트 하는 경우, 상대방이 점수 1점을 득점한다.
② 상대의 서브가 1회 바운드 된 후 넘기지 못할 경우 상대방에 점수 1점을 부여한다.
③ 공이 두 번 이상 바운드 되기 전에 넘기지 못할 경우 상대방에 점수 1점을 부여한다.
④ 친 공이 네트에 걸리거나 상대방 코트에 들어가지 못한 경우 상대방에 점수 1점을 부여한다.
⑤ 공을 칠 때 공이 두 번 이상 라켓에 맞거나 몸 혹은 옷에 닿았을 경우 상대방에 점수 1점을 부여한다.

11) 셀프 저지(self judge)

(1) 셀프 저지란?

심판(umpire)이 없는 경기에서는 선수들끼리 서로 자기 코트 쪽으로 온 볼을 판정하여 콜 하면서 경기를 진행하게 된다. 이 같은 스스로 하는 심판 시스템이 바로 셀프 저지다. 흔히 셀프 카운팅이라고 하지만 셀프 저지가 맞는 말이다. 동호인 대회뿐만 아니라 공식 토너먼트에서도 채용되는 이 방식은 심판이 존재하지 않고 당사자들끼리 상대의 볼을 판정하는 것이기 때문에 자칫하면 공정성을 잃기가 쉽다. 그래서 셀프 저지에서는 떨어지는 볼과 가장 가까이서 보고 있는 사람이 내리는 판단을 받아들이는 것이 관례처럼 되어있다. '심판이 없는 경기'를 뜻하는 영어에는 다음의 3가지가 있다.

① non-officiated matches
② match without officials
③ when a match is played without officials

(2) 셀프 저지의 기본 원칙

셀프 저지 시스템 운용의 가장 중요한 기본 원칙은 다음과 같은 세

가지다.

① 스포츠맨십에 따라 양심적으로 볼을 판정해야 한다.
② 가장 가까이 있는 사람이 가장 정확하게 볼 수 있다.
③ 인과 아웃이 불분명할 때는 상대편에게 유리하게 판정하며 상
   대편은 판정자의 판정을 신뢰한다.

서서히 떨어지는 볼과 라인에서 많이 벗어난 볼은 판단하기 쉽지만
빠른 볼이거나 속칭 깻잎 한 장으로 비유될 정도로 라인에 가까이 떨어
지는 볼은 판정하기가 어렵다. 그나마 클레이 코트에서는 볼 자국이 선
명하게 남기 때문에 다툼이 있더라도 쉽게 해결된다. 그렇지만 클레이
코트일지라도 자국이 선명하지 않거나 볼 자국이 겹쳐서 애매한 경우,
하드 코트나 잔디 코트처럼 볼 자국이 남지 않은 경우 등은 다툼이 쉽게
해결되지 않는다. 이처럼 정확한 판단을 내리기가 애매할 경우에는 상
대편에게 유리하게 판정해야 하는 것이 셀프 저지 시스템의 도입 취지
에는 맞을지 몰라도 그 한 포인트가 경기 승패에 영향을 미치는 중요한
포인트일 경우에는 서로 유리하게 주장하기 때문에 다툼은 쉽게 해결되
지 않는다. 셀프 저지 시스템이 작동하지 못하는 것이다. 이런 경우에는
마지막으로 대회본부 심판위원회의 판단을 구하게 된다. 그렇지만 대회
본부에서도 미스 콜 여부를 판단할 수 없으므로 대부분이 레트로 처리
해버린다. 그러므로 라인 근처의 볼 자국은 수시로 발로 지워두는 것이
필요하다. 만약에 이 제도를 악용하여 다툼을 벌이고, 레트로 유도하려
고 한다면 그것은 진정한 테니스인의 행동이라고 볼 수 없을 것이다.

12) 기타 용어들

(1) 슬라이스(slice), 백스핀(back spin), 언더스핀(under spin)

이들은 같은 말로, 공이 지면에 접촉된 후 뒤로 회전시키는 슛이다. 볼의 아래쪽을 라켓 면으로 강하게 문지르며 치는 볼이다.

(2) 바이(bye)

상대와 대결하지 않고 토너먼트의 다음 라운드로 자동 출전하는 경우다.

(3) 디사이딩 포인트(deciding point)

복식게임에서 듀스가 되었을 때 게임 승패를 결정하는 한 포인트를 말한다.

(4) 포스드 에러(forced error)와 언포스드 에러(unforced error)

포스드 에러란 상대방이 잘 쳐서(상대방의 의지) 내가 못 받으면서 에러가 나는 경우이고, 언포스드 에러란 내 의지대로 볼을 쳤으나 에러가 난 경우를 말한다.

(5) 랭킹포인트(ranking point)

전국 테니스 대회를 주최하는 협회에서 대회수상자에게 부여하는 포인트다. 이 포인트는 파트너를 미리 정해서 하는 경기를 신청하는 경우, 두 사람의 랭킹포인트 합계가 일정 수준을 넘지 않아야 가능하다. 또 이 랭킹포인트는 연말에 전국 5위 이내에 포함된 상위 랭커(ranker)들에게 시상 자료로 활용된다.

TIE BREAK

테미 50년에 느는 것은
구력(球力)인가,
구력(球歷)인가,
구력(ロカ)인가?

나는 말을 살려보자(?)는 좋은 뜻으로 말을 만든다. 왜냐하면 말은 쓰지 않고 그대로 두기만 하면 고인 물처럼 썩어버리기 때문이다. 그래서 말을 살리려면 말을 밀고 당기고, 비틀어봐야 한다. 말의 틀에서 사람들의 사고를 해방시키려면 말부터 살려야 하는 것이 순서지 않을까? 그래서 이 책에서는 내가 만든 별의별 말들을 불쑥불쑥 내밀어본다. 예를 들어, 테니스 홀릭이라는 말 대신에 테니스를 미치도록 좋아하는 것을 '테미'라고 지었다. 이 말은 골미, 탁미, 축미, 낚미 등으로 적용이 가능할 것이다. 즐테오테(즐겁게 쳐야 오래 칠 수 있다), 태생태사(테니스에 살고 테니스에 죽는다), 어테오테 오테내테(어제 테니스를 했다면 오늘도 테니스를 할 수 있으며 오늘 테니스를 한다면 내일도 테니스를 할 수 있다), 습생습사(연습해야 이긴다), 준생준사(준비해야 이긴다), 집생집사(집중해야 이긴다), 나온또온계온(나에게 공이 온다, 또 온다, 계속 온다), 이파지내(이기면 파트너 덕, 지면 내 탓), 테라밸(테니스와 삶의 균형) 등도 신조어다. 테라밸은 골라밸, 베라밸, 축라밸, 탁라밸 등으로 패러디 할 수 있을 것이다. 약간만 말을 바꿔도 세상은 훨씬 더 재미있다. 다음은 이런 용어들을 가나다 순으로 정리해본다.

- 건강한 사람이 오래 사는 것이 아니라, 오래 사는 사람이 건강한 것이다.
- 건강해서 테니스를 치는 것인가, 테니스를 쳐서 건강한 것인가?
- 걸생누사, 걸산누죽란 걸으면 살고 누우면 죽는다의 사자성어이다.
- 건배사 "테백산"이란 테니스로 백 살까지 산다를 뜻한다.
- 검정고시형(檢定考試型) 테니스란 코치 없이 혼자서 배운 테니스를 말한다.
- 경중무언(競中無言)이란 경기 중 말하지 않기를 뜻한다.
- 계약주도 접근법이란 '꾸연노', 즉 같은 동작을 꾸준히 연습하여 익히는 방법이 아니라 시시때때로 바뀌는 상황에 능동적으로 대처하여 자신의 대응능력을 키우는 방법이다. 즉, 각종 제약 속에서 대응능력, 순발력을 키우는 것이다.
- 고수냐 꼰대냐? 고수라 해도 하수가 알려달라 하기 전까지는 기다려야 한다. 상대방이 배우려고 해야 가르쳐줄 수 있다. 이것을 무시하고 가르치려 들면 간섭하는 사람 내지는 꼰대로 취급된다.
- 고수는 내가 듣고 싶지 않은 말을 들려주고, 보고 싶지 않은 모습을 말해주고, 원치 않지만 해야 할 자세를 갖도록 해준다. 이것을 간섭이라고 생각하면, 참견이라고 여기면 테니스 실력을 올리기 어렵다. 잘 듣고 최대한 따라 하되 이를 자기화하는 것은

자기 자신이다. 배울 때는 주위의 모든 사람이 멘토다. 그렇지만 당신이 듣지 않으려 하면 아무도 멘토가 될 수 없다.

- 과유불급(過猶不及), 즉 지나치게 운동하여 무리수를 두는 것은 잘못이라는 이야기다.
- 교육훈련형(敎育訓鍊型), 정규교육형(正規敎育型) 테니스란 제대로 레슨을 받으며 배운 테니스를 말한다.
- 구력(球歷)이 많아질수록 구력(口力)도 는다. 구력(球歷)을 구질구질한 구력(球力)으로 이겨내라.
- 구질구질한 볼이란 슬라이스 볼, 드롭 샷, 로빙 등 볼의 변화가 매우 심한 볼을 일컫는다.
- 근심은 스매싱으로 날리고 행복은 랠리 하듯 계속하자.
- 금수저형 테니스란 경제력이 좋아 신발, 복장, 라켓, 레슨 등 테니스에 필요한 모든 것을 갖추어서 하는 테니스다.
- 금주, 금연, 다이어트를 네 글자로 말하면 '내일부터'다. 그러나 테니스인의 테니스를 네 글자로 말하면 '지금부터'다.
- 기브 앤 테이크(Give & Take)가 아니라 기브 앤 낫 테이크(Give & Not Take) 하려는 것이 테니스다. 그래서 테니스는 일단 볼을 상대편으로 넘겨줘야 한다.
- 기차역에만 역전이 있는 것은 아니다. 테니스에도 역전이 있다.
- 꽃씨는 뿌려야 싹이 튼다. 로또는 복권을 사야 당첨될 수 있다. 천국은 죽어야 간다. 뭐든지 선후가 있다. 테니스는 레슨과 연습을 해야 장차 고수가 될 수 있다.
- 꾸연노왕이란 테니스는 꾸준한 연습과 노력이 왕도임을 말한다.

- 꾸연노란 1만 시간은 해야 전문가가 된다는 말의 다른 표현이다.
- 끝나야 끝난 것이다.

ㄴ

- 나무는 흔들려야 살아있듯 테니스는 뛰어야 제대로 치는 것이다.
- 나이가 나이기 때문에 나이는 중요하다.
- 나이가 들수록 힘을 적게 들이는 방법으로 포인트를 따야 한다.
- 내온, 또온, 계온이란 상대방이 넘긴 볼이 내게 온다, 내게 또 온다, 계속 내게 온다를 말한다.
- 날씨가 급변하면 공 치는 날이 아니라 공치는 날이 되기도 한다.
- 네트도 없이 테니스 경기를 하는 것은 인간관계에서 상대방을 무시하는 것과 같다.
- 노력은 테니스 실력을 올려줄 수 있는 유일한 열쇠다.
- 노력중독, 연습중독, 게임중독이 바탕이 될 때 테니스 실력은 향상된다.
- 노력해야 한다. 노력만이 천부적인 능력을 넘어설 수 있는 방법이다.
- 노병·노상, 무병·미상은 다 같은 의미다. 현재는 괜찮지만 언젠가는 병상(病傷) 상태가 될 수 있다는 것이다.
- 노병·노상하라. 즉, 병에 걸리지 말고, 부상 입지 말라.
- 늙어서 못 뛴다는 핑계는 대지 말라. 못 뛴다면 늙은 것이다.

- 다른 사람의 가르침을 고맙게 생각하라. 그것이 쓸모가 있을지 없을지는 당신 스스로 결정할 일이다.
- 당동당 당동 부동당 부동(當動當 當動 不動當 不動)이란 움직여야 할 때 민첩하게 움직이고, 움직일 필요가 없을 때는 움직이지 않는 것을 뜻한다.
- 당신 능력의 한계는 당신이 어디까지 도전해보느냐 하는 문제다.
- 당신이 테니스를 선택한 것인가, 테니스가 당신을 선택한 것인가?
- 대생대사(對生對死), 즉 대비해야 이긴다.
- 도금 금배부란 은배부에서 한 번 우승한 사람을 일컫는 은어다. 한 번 더 우승해야 진짜 금배부(순금배부)로 승격된다.

- 레슨과 연습은 당신 몸속에 숨어있는 테니스 기술을 끄집어내는 비법이다.

- 매테중테란 매일 테니스를 밥 먹듯 치는 테니스에 중독된 사람을 말한다.
- 무릎을 굽히며 자세를 낮출수록 부상과 실수는 적어진다.
- 무리영부(無理迎負)란 무리를 하면 부상이 따른다는 말이다. 몸이 준비되지 못한 상태에서 테니스를 치게 되면 아킬레스건, 장딴지, 허벅지, 허리, 엘보, 팔의 회전 근육 등이 준비가 안 되어 문제가 생긴다.
- 무준실준(無準失準)이란 준비가 없다는 것은 실패를 준비하는 것임을 말한다.
- 물테는 물 같은 테니스를 말한다. 즉 키도 크고 폼도 좋아 잘 칠 것 같지만 실제 테니스를 해보면 허무하게 에러를 남발하며 무너지는 타입의 테니스를 말한다.
- 미병·미상이란 아직은 병이 없고, 부상이 없는 상태를 말한다.
- 미시족이란 아직 시니어가 아닌 상태의 사람을 말한다.

- 보생와사(步生臥死), 즉 걸어야 산다.
- 볼을 계속해서 상대방 코트로 집어넣는 자가 이긴다. 넘기고 또 넘겨라. 한 번 더 넘기는 것이 바로 테니스에서 이기는 비결이다.

- 부동이화(不同而和)란 복식경기에서 두 사람의 테니스 기량은 서로 다를 수밖에 없지만 화합하여 한 팀이 되는 것을 말한다.
- 불광불급(不狂不及)이란 미쳐봐야 미친 것을 알 수 있다는 뜻이다.
- 불요부동(不要不動)이란 움직일 필요가 없다면 구태여 움직이지 말라는 뜻이다.
- 불준영부(不準迎負)란 준비가 없으면 부상이 찾아온다는 뜻이다.

ㅅ

- 사재란 사람이 사는 것은 뭔가 재미가 있어서임을 말한다.
- 삼일불테(三日不테)면 중지(衆知)라는 말은 사흘간이나 테니스를 쉬면 모두가 안다는 뜻이다.
- 상대방이 강력하게 치면 나는 힘을 완전히 빼고 대주기만 하라. 힘을 조금이라도 주면 실수가 나온다.
- 서브는 속도와 방향이 중요하다.
- 세상에서 가장 지루한 사람은 테니스를 치지 않는 사람이다.
- 세월이 만드는 나이도 테니스 열정 앞에서는 맥을 못 춘다.
- 순간의 최선이 최선의 순간을 가져온다.
- 순테란 순전히 테니스만 치는 사람이다. 즉, 순애보로 테니스만 사랑하는 사람이다.
- 술친구는 술 끊으면 사라진다. 테니스 친구는 테니스를 끊으면 사라진다.

- 습이불태(習以不殆)란 연습하면 두렵지 않다는 의미다.
- 습이불패(習以不敗)란 연습하면 지지 않는다는 것을 뜻한다.
- 시중무언(試中無言)이란 시합 중 말하지 않기다. 경중무언과 같은 뜻이다.
- 실력은 실수를 먹고 자란다. 실수를 해봐야 실수를 알 수 있다. 실수에서 배워야 진짜 실력이다.
- 실사구시란 실수를 없애는 것이 시합을 구한다는 의미다.
- 실수즉망(失手卽忘)이란 실수는 바로 잊어버리라는 뜻이다. 이미 일어난 실수를 부여잡고 통곡해봐야 목만 아프다.
- 실수하려고 실수를 저지르는 파트너는 없다.
- 실패는 낭비가 아니다. 실패는 도전을 하게 하는, 교훈을 주는 귀중한 계기가 될 수 있다.

○

- 아무리 위대한 사람에게도 멘토가 있듯, 아무리 뛰어난 테니스 선수에게도 코치가 있다.
- 안정된 스트로크는 발리, 스매싱으로 포인트를 따게 하지만, 불안정한 스트로크는 테니스의 모든 기술을 쓸 수 없도록 만들어버린다.
- 에라 하고 힘껏 쳐버리면 에러(error, 실수)가 나올 확률이 높아진다.
- 에이스를 하려다가는 더블 폴트가 나오고 만다.

- 연습불패(練習不敗), 습이불패(習以不敗), 습생습사(習生習死)란 모두 연습해야 이긴다는 뜻을 가진다.
- 열렬수운(烈烈隨運)이란 열심히 뛰는 사람에게 운이 따른다는 뜻이다. 즉, 신은 누가 열심히 하는지를 알고 있다.
- 예탈이란 예선 과정에서 탈락하는 것을 말하며 본탈이란 본선 시합을 하다가 탈락하는 것을 말한다.
- 오늘은 테니스 치는 날이다(Today is do tennis day)!
- 오테란 오로지 테니스만 치는 사람이며, 외테란 부인과 남편 중 한쪽만 테니스를 치는 사람을 말한다.
- 외국 테니스 선수 중에서 우리나라 성씨를 쓰는 유명한 선수로는 조씨(조코비치), 나씨(나달), 송씨(송가), 이씨(이가 시비옹테크) 등이 있다.
- 우승 복이 하늘에서 떨어지더라도 그것을 받을 수 있는 준비가 되어있지 못하면 우승자가 될 수 없다.
- 우승은 천신만고(千辛萬苦)라는 고등학교를 나오고 학수고대(鶴首苦待)라는 대학을 졸업한 후 진인사대천명(盡人事待天命)하여 고진감래(苦盡甘來) 끝에 얻어지는 천재일우(千載一遇)의 선물이다.
- 우승이란 하늘에서 떨어지는 것은 아니다. 노력하는 사람에게, 절실하게 원하는 사람의 발밑에 주어지는 하늘의 선물이다.
- 우승해본 사람이 우승하는 방법을 안다.
- 우승해봐야 우승한 것이다.
- 운동과 담을 쌓고 살면 몸의 사방에 담이 생긴다.
- 운유즉승(運有即勝), 즉 운이 따라줘야 승리한다.

- 운중불언(運中不言), 즉 운동 중에는 말하지 말라.
- 운치란 운동 신경이 없는 사람을 말한다. 음치, 길치가 있듯 운동을 안 좋아하고 몸을 제대로 쓰지 못하는 사람이 운치다.
- 웃으며 배우라. 더 잘 배울 수 있다.
- 월화수목금토일테란 월요일은 원래 치는 날, 화요일은 화끈하게 치는 날, 수요일은 수없이 치는 날, 목요일은 목에 숨차도록 치는 날, 금요일은 금방 치고 또 치는 날, 토요일은 토하도록 치는 날, 일요일은 일부러 치는 날의 약어다.
- 위대한 선수는 준비된 선수다. 테니스 기술이 몸 기억으로 녹아 있을 때, 예상치 않게 갑자기 볼이 넘어와도 반사적으로 빈 곳을 향해 제대로 칠 수 있다.
- 이기기 전까지는 이긴 것이 아니다.
- 이기려면 상대의 강점은 피하고 약점을 공격하라.
- 이기려면 파트너에게 "땡큐", "굿 파트너", "나이스 파트너" 하면서 파이팅을 계속 외쳐라.
- 인생도처유상수(人生到處有上手)란 세상 어디나 테니스 고수가 있다는 말이다.
- 인작습(人作習), 습작인(習作人)이다. 즉, 사람은 습관을 만들고, 습관이 사람을 만든다.
- "일요일에도 테니스를 안 치나요?"라는 물음에 "일요일이라고 예외가 있겠습니까?"라고 답하라.(마크 트웨인의 어록을 패러디함)
- 일일불(一日不)테 아지(我知), 즉 테니스를 하루 쉬면 내가 알고, 이일불(二日不)테 타지(他知), 즉 테니스를 이틀 쉬면 남이 알고,

삼일불(三日不)테 중지(衆知), 즉 3일 이상 테니스를 쉬면 모두 안다.

- 일일불(一日不)테 일일무용(一日無用)이란 테니스를 안 한 날은 헛 산 날이라는 의미다.
- 일일불(一日不)테 일일불식(一日不食)이란 하루라도 테니스를 치 지 않으면 밥을 먹지 말라. 매일 테니스를 치라는 뜻이다.
- 입상하여 부상(副賞)을 받는 대신 부상(負傷)을 입으면 곤란하다.
- 일타종타(一打終打, one shot one kill)란 한 번 치는 것으로 끝이며 되 돌릴 수 없음을 말한다.

ㅈ

- 자세를 낮출수록, 무릎을 굽힐수록 테니스 기량은 올라간다.
- 자수성가형(自手成家型) 테니스란 독학(獨學)으로 자기만의 테니 스 스타일을 완성한 유형이다.
- 자신의 부족함을 채우는 것은 노력뿐이다. 노력해도 안 되면 더 노력하라.
- 자신의 한계는 자신이 정하는 것이다. 꿈을 꾼 데까지, 도전을 해보는 데까지, 버텨내는 데까지가 자신의 한계다.
- 재테오테, 즉 재미있어야 오래 테니스를 한다.
- 적소적동(適所適動), 당연히 공이 떨어질 만한 곳으로 적절히 움 직여라.

- 전국대회에서 만나는 다양한 유형의 테니스 파트너
  ① 테린이파, 테른이파: 테니스를 갓 시작하여 우승경력이 없는 아이 또는 어른을 뜻함. 경기력 면에서 어려움이 있을 수 있음
  ② 고집불통 막가파: 시합에 이길 생각이 전혀 없이 자기 고집대로 테니스를 쳐버리는 사람
  ③ 잔테파: 승부에 집착하여 파트너에게 잔소리를 계속 하는 사람
  ④ 핑계파: 테니스가 잘 안 되는 이유를 어떻게든 찾아서 핑계를 대는 사람, 핑계를 찾기 어려울 때는 "이상하게 안 된다"든지 "운이 나쁘다" 등 다양한 핑계를 대는 사람
  ⑤ 승패초월파: 승패에 집착하지 않는다. 이겨도 그만, 저도 그만이라는 사고방식을 가진 사람
  ⑥ 승부집착파: 우겨서라도, 억지로라도 어떻게든 이기려 하며, 이를 위해 인 아웃 등으로 항상 다툼을 벌이는 사람
  ⑦ 네탓파: 실수나 실점, 지는 원인은 내 탓이 아니라 파트너 탓이라는 사람
  ⑧ 과거집착파: 자신의 과거 전적을 자랑하며, 상대에 대해 얕잡아 보는 사람
- 정규교육형 테니스란 레슨과 연습이라는 정규과정을 통해 습득한 테니스를 말한다.
- 절대 포기하지 말라. 테니스에는 역전승이 많다.
- 절실해야, 절박해야 실력이 향상된다.

- 젊은이는 몸으로 치고, 시니어는 요령으로 치는 것이 테니스다.
- 제대로 배우지 않은 테니스일수록 구질(球質)이 구질구질하다.
- 준생준사(準生準死)란 준비해야 이기고 준비하지 못하면 진다, 즉, 준비하면 이긴다는 뜻이다.
- 즐테장테, 즉 즐거워야 장기간 테니스를 한다.
- 지테자는 불여호테자, 호테자는 불여락테자(知테者는 不如好테者, 好테者는 不如樂테者)란 테니스를 아는 자는 테니스를 좋아하는 자보다 못하고, 테니스를 좋아하는 자는 테니스를 즐기는 자보다 못하다.
- 진짜 기력은 기진맥진한 상태에서 나오는 것이다.

ㅊ

- 참가자들의 실력에 따른 호칭
  ① **선출**: 선수 출신(초·중·고등학교에서 선수를 잠깐이라도 했거나 선수를 지도한 지도자 출신)을 말한다. 따라서 아마추어는 전부 비선출(선수 출신이 아닌)이 된다.
  ② **동테**: 동네 또는 동아리에서 테니스를 치며, 실제 전국대회는 거의 출전하지 않은 사람을 말한다.
  ③ **다테**: 다크호스다. 전국대회는 출전하지 않았으나 실력이 출중하고 그 지역에서 다 알고 있는 고수다.
  ④ **금배부, 은배부, 국화부, 개나리부**: 금배부는 전국대회에서

입상하여 상급자로 인정받은 사람들이다. 따라서 금배부가 아닌 사람들은 전부 은배부다. 한편 여성의 경우에는 국화부와 개나리부로 구분된다. 즉 전국여성아마추어테니스대회에서 우승한 사람이 국화부이며 나머지는 개나리부라고 부른다.

⑤ **고수·상수·상급자, 중급자, 하수·하급자**: 고수·상수·상급자는 금배부 수준의 실력을 갖춘 사람, 중급자는 중간 정도 실력이 되는 사람, 그 외의 사람에 대해서는 하수·하급자라고 지칭함

- **참가자들이 사용하는 테니스 은어들**
  ① **면피**: love 게임으로 끝나지 않고, 즉 6대0으로 패배하지 않고 한 게임이라도 딴 경우
  ② **면박**: 패배는 했으나 두 게임 이상을 딴 경우
  ③ **보름달 혹은 보약**: 상대가 넘긴 볼이 스매싱, 포칭, 발리로 포인트를 따기 아주 쉽게 온 경우
  ④ **당했다**: 포칭, 패싱, 로빙, 드롭 샷 등을 당해 속수무책으로 포인트를 내준 경우

- 체력이나 재능이 해결하지 못한 것을 해결하는 것은 노력이다.

ㅋ

- 컬테신테란 컬래버레이션 테니스로 신바람 테니스를 하는 것을

말한다.

- 테니스 경기에 이기려면 70%의 연습과 20%의 상대에 대한 정보, 10%의 창의성과 운이 필요하다. 실력이 늘수록 운의 비중은 줄어든다.
- 테니스 고수(高手)가 하수(下手)와 함께 팀을 이루어 경기를 하는 경우, 고수에게는 많은 인내력이 필요하다.
- 테니스 고수는 상대의 힘을 역이용할 줄 안다.
- 테니스 볼을 강하게 친다고 하여 두 포인트를 주는 것은 아니다.
- 테니스 승자는 방법을 찾고 패자는 핑계를 찾는다. 핑계는 아무런 보탬이 안 된다.
- 테니스 실력은 상대방이 인정해야 진짜다.
- 테니스 실력은 열심히 안 치면 좋아지기 어렵고 열심히 치면 나빠지기 어렵다.
- 테니스 오적은 ① 불운, ② 더블 폴트, ③ 에러, ④ 노 파트너십, ⑤ 부상 등이다. 여기에 더해 미준비, 미집중, 미순발력, 미민첩성, 미체력, 미정신력 등이 테니스를 망치는 요인이다.
- 테니스 재미를 느끼는 한 나이는 없다.
- 테니스 치면 가장 바쁜 곳은 발과 어깨, 팔목이다. 발과 무릎과 어깨를 사랑해야 한다.

- 테니스 하며 흘린 땀은 보약이다. 보약을 먹는 것이다.
- 테니스 하면서 스스로 나이를 들먹이는 순간, 힘들다고 하는 순간 당신은 나이가 든 것이다.
- 테니스 하수(下手)도 테니스를 사랑하며 최선을 다하고 있다.
- 테니스가 잘 안 되는 원인을 나이 탓에 돌리지 말라. 나이 탓이 아니라 나의 탓이다.
- 테니스는 나의 모든 일상이다(One to ten of my life is tennis)! 태생태사.
- 테니스는 단 한 번의 기회만 주어진다[Tennis is one shot one kill sports (OSOKS)].
- 테니스는 몸의 주인을 걷게 하여 보생와사를 실천하게 한다.
- 테니스는 보생와사(步生臥死), 소식다동다소(小食多動多笑)를 바탕으로 하기 때문에 건강장수 운동이다.
- 테니스는 3D 업종이다. 내가 땀을 흘려야 한다. 몇 시간이고 내가 뛰어야 한다. 무더위와 한파에서도 내가 마주해야 한다.
- 테니스는 연극과 같다. 경기 규칙은 같지만 어떤 경기도 규칙에 100% 부합되게 현실이 전개되는 것은 아니다.
- 테니스는 왕복표가 없다. 치는 그 순간 편도로 끝나버린다. 시간의 흐름을 되돌릴 수 없는 것이나 마찬가지다.
- 테니스는 자신의 장점을 강화하는 것이 첫째다. 그다음이 단점을 보완하는 것이다.
- 테니스는 자화자찬할 만한 운동이다. 테니스는 자신이 온몸을 움직여 잘 친 것에 대해, 자신이 실수 없이 넘긴 것에 대해 자신을 칭찬하는 자화자찬(自畵自讚) 운동이다.

- 테니스는 타화자찬(他畵自讚, 他禍自讚), 즉 남의 실수나, 남의 불행에서 즐거움을 찾는 운동이 아니다.
- 테니스는 하면 할수록 어렵다는 것을 안다.
- 테니스도 실력이 뒷받침될 때 운도 따르는 것이다. 운칠기삼(運七技三)이 아니라 운삼기칠(運三技七)이다.
- 테니스를 못 쳐서 안 치는 것이 아니라 안 쳐서 못 치는 것이다.
- 테니스를 잘할수록 더 잘하는 사람들이 보인다.
- 테니스를 재미있게 하고, 재미가 삶이 되었을 때 테라밸은 달성된다.
- 테니스에 시간과 돈을 투자한 만큼 테니스 실력이 향상된다.
- 테니스에 왕도는 없다. 레슨을 받고 매일 연습하는 것이 왕도다.
- 테니스에서 우연은 믿지 말고 실력을 믿어라.
- 테니스에서 포기란 없는 것이다. 오히려 역전승이 있다.
- 테니스에서는 동시에 두 번 공을 칠 수는 없다. 주어지는 단 한 번의 기회에 최선을 다하라.
- 테니스의 3S는 스트로크, 스매싱, 서브다.
- 테니스의 행운은 하늘에서 떨어지는 것이 아니라 뛰어다니는 발로 내려온다.
- 테라밸(Tennis & Life Balance)을 달성하라.
- 테른이란 '테니스'와 '어른'을 합친 말로, 테니스를 즐기는 초보 어른을 뜻한다.
- 테린이란 '테니스'와 '어린이'를 합친 말로, 테니스를 즐기는 어린 사람 또는 테니스를 갓 시작하여 우승경력이 없는 사람을 뜻

한다.

- 테멍이란 테니스 치는 동안 몰입하여 다른 어떤 생각을 하지 않는 멍한 상태를 말한다.
- 테미란 테니스를 미치도록 좋아하는 사람, 즉 테니스 마니아(mania), 테니스 홀릭(tennis holic)의 다른 표현이다.
- 테미로 살려면 반드시 가족과 테라밸을 달성하라. 혼자서 테니스만 탐닉하는 것은 지속 가능한 테니스가 아니다.
- 테사(死)만사(萬事)란 테니스가 모든 것이다, 즉, Tennis is everything의 뜻이다.
- 테생(生)테사(死)란 테니스에 살고 테니스에 죽는다는 뜻이다. 테니스로 사는 것이다.

ㅍ

- 파실내실 내실내실이란 파트너 실수는 내 실수이고, 내 실수는 내 실수다라는 뜻이다.

ㅎ

- 하늘이 하는 일을 불평해서는 아무 소용없다. 사람은 왜 비가 오냐고 할 것이 아니라 비가 내리는 경우에 대비하여 우산이나 우

비를 준비해야 한다.

- 한 발 빨리 뛸수록 수비력이 좋아진다.
- 항상 최선을 다하라.
- 헛된 노력을 줄이려면 테니스 레슨을 받아라.
- 흙수저형 테니스란 신발, 복장, 라켓, 레슨 등 테니스에 필요한 모든 것을 제대로 갖추지 못한 상황에서 배우는 테니스를 말한다.
- 힘 빼, 즉 힘을 빼야 이긴다.
- 힘 빼는 것을 몸에 익히지 못하면 테니스 상급자가 될 수 없다.

에필로그:
GAME OVER, 아쉽지만 끝내기

　　나는 재미있는 말을 만들어 혼자 좋아한다. 그러다 보니 이 책에는 색다른 용어들이 많이 튀어나온다. 테미(테니스를 미치도록 좋아함), 테라밸(테니스와 삶의 균형)이라는 말도 그렇다. 그간 시집 네 권(몸이 말을 하네, 몸의 말을 듣다, 몸에 박힌 말, 몸과 말 사이), 산문집 두 권(낭비야 가라, 더불어 참을 열다) 등을 출간한 작가로서의 티를 낸 것이 틀림없다. 또한, 내용을 읽다 보면 유머러스한 표현이 많이 소개된다. 그것은 내가 유머집을 세 권(일주일 만에 유머 달인 되기, 행복은 유머를 먹고 자란다, 유머 수업)이나 출간한 유머작가로서의 숨길 수 없는 끼를 드러낸 것이다.

　　각 장의 순서는 테니스 카운팅 방법을 활용했다. 플레이 볼(play ball), 서비스(service), 러브(love), 피프틴(fifteen), 써티(thirty), 포티(forty), 듀스(deuce), 게임포인트(game point), 세트 포인트(set point), 타이 브레이크(tie break), 매치 포인트(match point), 게임오버(game over) 등이 그것이다.

　　이 책의 작업은 예상보다 훨씬 오래 걸렸다. 나이 듦에 따른 여유로

움(?)이 크게 작용했다. 그리고 기억, 생각, 경험을 정리하는 능력이 예전보다 훨씬 떨어졌다는 냉엄한 현실이 작업을 더디게 만들었다. 문득 생각이 나서 글을 수정하거나 보완했는데 나중에 보면 다른 부분과 문맥이 맞지 않거나 이중으로 기술된 것이었다. 그러니 여러 곳을 고치고 또 고쳐야 했다. 기억력은 수시로 외출했다가 잘 돌아오지 않았다. 그래도 포기하면 진다는 테니스 경기 원칙을 지키며 끝까지 붙잡고 늘어진 통에 할 수 없이 이 책이 나오게 되었다.

작업을 어렵게 만든 요인이 하나 더 있었다. 즉, 2022년 9월 어느 날 데스크톱 컴퓨터를 새것으로 바꾸면서 부주의로 하드드라이브가 몽땅 날아가버렸다. 그간에 수집하고 정리했던 자료들이 바람과 함께 사라져버린 것이다. 컴퓨터 전문가에게 하드디스크 복구를 애걸했으나 불가능하다는 답변만 들었다. 안타까웠지만 할 수 없이 대부분을 다시 써야 했다.

백수가 과로사한다는 말처럼 내용은 들어가지 못하고 머리말과 목차만 쓰다가 세월이 마구 흘러갔다. 엉뚱한 생각에 이끌려 방황하다 보니 길을 잃어버려 고쳐 쓴 것이 수십 번이다. 인(in)이 되라고 넘긴 볼이 아웃(out)으로 판명되듯 글은 자유로운 영혼처럼 자꾸만 경계선을 벗어나 밖으로 나갔다. 그것이 어디로 숨었는지 아무리 찾으려 애를 써도 시야에서 멀리 달아나버렸다. 시간이 걸렸지만 결국 되찾아왔다.

쓰다 보니 소제목의 내용과 관련 없는 것들이 슬쩍 숨어들었다는 것을 나중에야 알고 정리했다. 그런데 정리하고 나면 뭐가 빠진 것 같고, 그래서 보충하고 나면 괜히 쓸데없는 짓을 했나 후회하기도 하여 수차례 넣고 빼고를 반복했다. 이런 과정을 거쳤지만 역시 중복된 곳이 발견되고 잘못 쓴 곳이 얼굴을 내밀었다. 내게 있어 완성품은 영원히 없는 것 같다. 인생 자체가 미완성이라면서 핑계를 대보지만 이것 역시 변명이라는 것을 잘 안다. 이런 과정을 거치면서 간신히 조심스레 이 책을 완성했다. 물론 이 책도 테니스를 하지 않는 아침과 오후 시간에 매일매일 조금씩 쓴 것이다.

테미 이동규의 저서

1. 『비영리회계』(형설출판사, 1992)

2. 『최신원가회계』(형설출판사, 1994)

3. 『신협경영분석』(대전문화사, 2001)

4. 『대학 경영위기』(선학사, 1995)

5. 『회계원리』(공저, 한울, 2000)

6. 『원가회계의 기초』(형설출판사, 2003)

7. 『경영분석의 이해』(선학사, 1998)

8. 『지방자치의 경영학』(공저, 선학사, 1998)

9. 『IMF하의 대학경영』(선학사, 1998)

10. 『회계학사전』(공저, 서울대출판부, 1997)

11. 『사립대학의 경영』(한국사학진흥재단, 1999)

12. 『사학기관의 재무재표 분석』(선학사, 1999)

13. 『사립대학의 경영과 회계』(선학사, 2001)

14. 『한국사학진흥재단 설립 10년: 그 위상과 전망』(한국사학진흥재단, 2000)

15. 『회계역사의 이해』(충남대회계연구소, 2004)

16. 『알기쉬운 회계원리』(공저, 선학사, 2006)

17. 『사회복지법인의 경영과 회계』(집문당, 2006)

18. 『정부 및 비영리조직의 회계』(제3개정판, 선학사, 2009)

19. 『사학기관 경영진단』(세경사, 2006)

20. 『대학의 전략적 재무분석』(한국사학진흥재단, 2009)

21. 시집 1: 『몸이 말을 하네』(동남기획, 2002)

22. 시집 2: 『몸의 말을 듣네』(작가마을, 2004)

23. 시집 3: 『몸에 박힌 말』(북코리아, 2009)

24. 유머집 1: 『일주일만에 유머달인 되기』(북코리아, 2009)

25. 산문집 1: 『낭비야 가라: 아름다운 동행을 향해』(북코리아, 2009)

26. 『아버지 정당 이병하 일대기』(한일출판사, 1993)

27. 대한문학인협회 동인지: 1집(2002), 2집(2003), 3집(2004), 4집(2008)

28. 유머집 2: 『행복은 유머를 먹고 자란다』(북코리아, 2012)

29. 시집 4: 『몸과 말 사이』(나눔의 책, 2015)

30. 산문집 2: 『더불어 참을 열다』(나눔의 책, 2015)

31. 『문서사무』(교육부, 1988)

32. 『대학백서』(공저, 전국민주화교수협의회, 1998)

33. 『동인시집 1, 2, 3, 4』(대한문학인협회, 2007, 2008, 2009, 2010)

34. 유머집 3: 『유머 수업』(북코리아, 2020)

35. 산문집 3: 『네트를 넘겨라』(북코리아, 2023)

36~39. 출간예정: 유머애기(제4집), 제5시집, 자화자찬 여행기, 자서전

관련 사진들

① 대전광역시 동호인 테니스대회 베스트시니어 우승(63쪽)

② 제9회 대통령기 생활체육 전국테니스대회 현수막(64쪽)

③ 전국교수테니스대회 3연승 우승 패 및 족보(87쪽)

④ 전국과학기술인테니스대회 팸플릿 및 우승 패(88~89쪽)

⑤ 2012년 전국생활테니스 시니어 65세부 왕중왕전 우승(90쪽)

⑥ 2017년 어르신테니스페스티벌 우승 트로피(90쪽)

⑦ 제47회 전국교수테니스대회 시니어부 우승(91쪽)

⑧ 2003년 테미 30주년 기념대회(100~101쪽)

⑨ 2006년 회갑 기념 테니스대회(103~104쪽)

⑩ 제34회 Korea 'Open' 시니어 테니스 대회 광고 포스터(258쪽)

참고문헌 및 웹사이트

최대우, 『파워테니스』(보성, 2010)

인하대학교 교수테니스회 편, 『테니스 인&아웃: 마니아들의 재미있는 테니스
　　　이야기』(레인보우북스, 2022)

대한테니스협회(KTA), http://www.kortennis.co.kr/

테니스 라이프, https://tenniseye.com/

테니스 코리아, https://www.tennis.co.kr/

한국시니어테니스연맹, www.nsta.or.kr

한국이순테니스연합회(KAST), www.ksta.co.kr

한국테니스진흥협회(KATA), http://m.ikata.org/